今生宜大笑

蔡澜 著

中国轻工业出版社

CONQUERED

出版说明

蔡澜先生风趣幽默、洒脱不羁的个性和对生活独到的见解，让他成为文化圈的一个独特符号。他的文字，如同他的人生，充满了智慧与乐趣，让人在阅读中感受到生活的美好。

此次出版的《今生宜大笑》是蔡澜生活哲学系列图书中的一册，本书精选了蔡澜先生64篇经典作品，涵盖了人生态度、穿衣哲学、做人品格等主题。每一篇文章都凝结了他对生活的深度思考和独特见解。

同系列图书《大吃人间烟火》，精选了64篇蔡澜先生的经典作品，主要涵盖了他的吃喝玩乐体验。他的文字中充满了对美食的热爱和对旅行的向往，让人在阅读中感受到他对生活的热情和享受。

由于蔡澜先生主要生活在新加坡和中国香港，他的作品中存在不少英语、粤语词汇以及他特有的习惯用法，这些特殊的词汇和用法，也是蔡澜先生文字风格的一部分。为了保留他的文字风格，编辑在加工处理文稿时尽量保留了他原本的行文，对于部分可能影响阅读理解的词汇，则在首次出现时，以脚注的形式进行注释。本书所有脚注均为编者注。文中提到的货币汇率，均代表写作时的汇率。文中使用的外文表述，我们尽量列出其中文译名，实在无法对应之处，在文中保留其外文名。本书文章选自蔡澜先生历年作品，文中和时间相关的表述，均以文章写作年份为基础，并不特指本书出版发行的年份。

我们希望尽可能地给读者呈现原汁原味的作品，使读者能够欣赏到蔡澜先生生动精妙而率真的作品风格。同时也能从他的文字中感受到生活的乐趣和美好。

前言

很多人觉得我是一个乐观的人，但其实我并不是天生豁达。小时候脾气犟，常为小事发脾气，到了少年阶段，也有扭扭捏捏的阶段，并不讨喜。

古人说本性难移，但是我相信人定胜天。为了改变自己的性格，我每天对着镜子大笑，看到自己傻笑的样子，更觉可笑，渐渐地便越来越爱笑，性格也越来越开朗，身边的朋友也越来越多。

交的朋友，也都爱笑，偶尔遇到个性阴沉、纠缠不清的，马上逃之夭夭。

翻看与倪匡兄和黄霑兄一起主持的《今夜不设防》，每一集我们都是嘻嘻哈哈地聊天、自由自在地喝酒，数十年过去了，再也没有一部更有趣、更快乐的访谈节目。

后来倪匡兄移民到美国，我们最常电话聊天，倪匡兄每次接电话，总是发出招牌式的“哈哈哈哈”四声大笑。无论遇到什么问题，打电话跟他聊几句，听到他豪迈的笑声，心情也自然变得愉悦轻松。

与女士相处，最欣赏的是大笑姑婆类型的，吃到一口美味的甜品，便可以乐上半天，听到荤笑话，也不像小姑娘般遮遮掩掩，大方发出银铃般的笑声，与这种女孩在一起，不用担心她们会有害人之心，非常轻松，最是快活。

人生之中，总会遇到不如意事，但总有过去的一天，就像几年前的疫情，来势汹汹，当时每个人都忧心忡忡，我一直强调的是，

福建薄餅

先把快乐预支，像信用卡一样，刷个不停，每当不快乐的时候，就先把未来的笑声透支出来使用。任何困难，都有过去的一天，如今回看，那几年的日子，仿佛已过了很久，当时的忧虑，是否杞人忧天？

任何事情，认真去做，就会培养出兴趣，之后把兴趣当成学问，就有了赚钱的能力，把赚到的钱花在自己喜欢的东西之上，那种因为满足而带来的笑容更是可贵。

笑不出来的时候，上网找一部喜欢的电影或剧集，看个一整天；找本喜欢的书籍，埋头苦读；年轻人可以打电子游戏；身体好的，多运动。这些快乐，都是最便宜的，花不了多少钱。

我常举的一个例子，是一个落魄书生，家徒四壁，在水渠中捡了浮萍，放在杯子里种植，看着浮萍每天长大，发出会心微笑，这种悠然自得的快乐，需要的是心境，而非金钱。

放胆大笑吧！笑，是人类最美的表情；笑，最可以感染别人；笑，能让人感到幸福。现代医学也证明，笑得越多，身体越健康。笑有这么多好处，还不让自己多笑一点？大笑，是人类的共同语言，任何人都喜欢与爱笑的人交朋友，陌生人第一次见面，报以一个微笑，总比板着脸亲切。

我是一个传播快乐的人，写了很多让人开心的文章，然而最希望的，还是大家能够乐观一点，多笑一点。人生匆匆，到了这个阶段，我还是每天努力地让自己开心大笑，才不枉每一天的生命。相信我，每天对镜大笑三百声，日子会过得快活很多。今生宜大笑。

蔡澜

CUP
NOODL

目录

第一章

优雅永不过时

第二章

潇洒的生活哲学

第三章

做人的品格

第五章
回首往事，再苦也甜

第一章

优雅永不过时

话说回来，什么衬衫都好，二三十块一件，穿在有自信心的人的身上，和三四千一件的没有什么不同。

天下最好的衬衫，是一件干净和挺直的衬衫。

领带

……

西装中的领带，和袖口的三粒钮扣一样，一点用处也没有。

领带不可以当餐巾擦嘴，绑住颈项，唯一的实际用途，是给人拖着走罢了。

选择、购买、配色的过程，倒是乐趣无穷。

西装已被全世界接受为男士的基本服装，领带是必需品。买了一套西装，选一条领带的观念，已经落伍。看中了领带，再衬西装才对。

走进领带商店，数百条数千条，看得眼花缭乱，但是应该挑选的，是第一次进入你眼中的那一条，要令你慢慢考虑的，还是不买为佳，购入后也不会喜欢的。

穿净色的西装，适合配一条色彩缤纷的领带；反之，有条纹的外套，就衬单调的领带，这是第一个原则。

什么领带才是最好的领带?

首先，一制数千条，同样花款的领带，绝对要避免。第二，质地不能太差。

上等领带并不一定是名牌货，但是与其买条便宜的，不如投资贵一点的。高价领带多数用人工挑线，绑了又绑，一挂起来还是笔挺的，和新的一样，一用十多年。

便宜领带结了一次，皱纹迟迟不退，用过数次，已经像条隔夜的油炸鬼[1]。到后来，丢掉的领带加起来的钱，比一条好领带还贵。

名牌领带有它的好处，Mila Schon，质量最高，尤其是它的双面领带，用上一生一世，永不旧废。旅行的时候，带上两三条，便可以当六条来用，但是价钱也要双倍之多。可能是太过耐用，近来已经不常见。同厂出品领带，特色是它的边，不管多花里胡哨，边总是净色。这个构思由双面领带创造，双面领带因不能折叠，所以只有用暗线内缝，有条隐藏着的边。有边的Mila Schon领带，价钱比一般的贵，但质地水平降落，已不堪结了。

登喜路（Dunhill）的西装值得穿，可是它出产的领带设计保守不算，料子用得太厚，不是上品。浪凡（Lanvin）也有同样的毛病，花样倒是活泼了许多。其他名牌如香奈儿（Chanel）、圣罗兰（Yves Saint Laurent）、莲娜丽姿（Nina Ricci）、思琳（Celine）等，偶有佳作，平均起来，皆水平不高。

最鲜艳最醒目的是Leonard领带，它有一系列的花卉设计，带点东方色彩，给人留下一个深刻的印象，价钱不菲，但是这种领带只能结一次，第二回就有似曾相识的感觉，料子多好，也没有用。

也有人喜欢结领花而不爱打领带，但是领花总带给人一种轻浮、好大喜功的感觉，有位出版界的朋友就一直打领花，而且是用领夹的那种，看得极不舒服。

领花只适合在穿“踢死兔”[2]晚礼服时打，但是不宜太小，领

---

① 油炸鬼：广州及周边地区对油条的称呼。

② 踢死兔：燕尾服的英文是“tuxedo”，因此香港人戏称为“踢死兔”。

花一小，人就显得小里小气。

领带针曾经流行过一阵子，现在已经很少人用这种小装饰了，偶尔用之还是新鲜，但是横横地来一条金属领带夹，就俗气得很，高贵的有珍珠针，扣在后面，领带前两颗简简单单的珠，蛮好看的。

和西装的领子一样，领带的大小最好不要跟流行，关刀一般的领子和领带，一下子就消失了，细得像条绳子的也只在二十世纪六十年代中出现过一阵子。适中的领带，永远存在下去，只要有西装的一天。

男人的品味，从一条领带便能看出，当然这不是价钱问题，非名牌的领带，质地好的也很多。基本上，不要太过和西装撞色就是了，没什么大道理，但连这种小节也不注意，穿牛仔裤去好了，别装蒜。要预防结大青大绿领带的男人，这种人俗气不算，还很阴险。

买领带也不全是男人的专利，女人买领带送男人，也是种学问。通常看男友喜欢穿什么颜色的西装，就买条颜色相近的送给他好了，要是他喜欢你，皱得像条咸鱼也照打，不然Mila Schon看起来也讨厌。

最高境界是当年上海的舞女，她们会叫火山孝子①为她们做旗袍，冤大头以为旗袍算得了几个钱？一口答应。哪知一看账单，即刻晕掉，原来她们做的旗袍虽然只是用普通的黑色绸缎，不过一做就是同样的三件，早、中、晚穿，上面绣的是一朵玫瑰，早上花朵

① 火山孝子：是一句源自香港的俗语，用以形容那些经常出入烟花之地，即风月场所，用金钱供养交际花的男性。

含苞，中午略露花蕊，到了晚上的那件，花卉怒放。

男人正要抗议，舞女说还有件小礼物送给你，打开小包裹一看，原来是三条同样黑色绸缎的领带，绣着早、中、晚三款相同的玫瑰花朵，用来陪着她上街结的。火山孝子服服帖帖地把钱照付，完全地投降。

挑选领带还有一个定律，那就是夏天要轻薄活泼的，冬天不妨厚一点，沉着一点，棉质和毛织的都能派上用场。一反此定律，不但不美观，还热个半死。

厚料子的领带，不宜打繁复的“温莎结（windsor）”。它要三穿一缚才能打成，一打温莎结，结部便像个小笼包，只能打简便的“美国结”。话说回来，温莎结打起来是个真正的三角形，实在好看，但是现在的人，已经没有多少人会打了。

当然，穿惯牛仔裤的，连美国结也不会打的人也不少，只有求助于旁人。也有人只会替别人打领带，自己不会打的。这种人，多数在殡仪馆工作。

衬衫的烦恼与乐趣

……

衬衫，又叫恤衫，样子很端正。领子、袖口、中间一排整齐的钮扣，最滑稽的是在不穿裤子的时候看上去，前面两片翼，后面圆圆的一大块废布，样子古怪得很。

当然也不能说完全没有作用，它是用来防止衬衫由裤子里拉出来的。可是老人家不懂这个道理，所以看粤语残片[①]的时候，就有母亲用剪刀剪下来当手帕的场面出现，现在想起来真好笑。

二十世纪六十年代民生穷困的时期，衬衫料子真差，领子和袖口永远皱皱的，怎么烫也烫不直。当年要是拥有一件雅路（Arrow）的衬衫，已经当宝了。

不过外来货的衬衫不是领子太大就是袖口太长，要买到一件合身的可真不容易，胖子、矮子更不必梦想。

大家唯有定做衬衫了。那时候手工便宜，定做就定做，没什么了不起。现在呀，连工带料，做一件不上千不算上等货，定制衬衫，已是种奢侈了。

目前现买的又便宜又好，一件七八十块的可穿两三年不坏。同样的衬衫，在袋口边绣上个名牌的假货，就要卖一百二十块。

一百二十块的也不一定是假的，同样料子，同样手工，外国名牌在香港大量生产，拿到外国去，就要卖一千多块，贵个十倍。

名牌的追求，由上述的“雅路”开始，进步一点，就是“曼哈顿”了。

但是时装方面美国人总打不过欧洲。生活水平一提高，人们都争买皮尔卡丹（Pierre Cardin）。

皮尔卡丹这个厂本来蛮吃得开，后来什么东西都出，连香槟也安上这个名牌。货品大受欢迎之后，开始在内地大量生产，便不值钱了。

---

① 粤语残片：也被称作粤语长片或七日鲜（七日拍完），指20世纪40年代到70年代制作的粤语长篇电影，黑白画质，情节以民间传说和市井生活为主，节奏缓慢。

目前所有名牌都出衬衫，华伦天奴（Valentino）、莲娜丽姿、路易左丹（Louis Jourdan）、拉夫劳伦（Polo Ralph Lauren）等，数之不清，但并不是每个名牌的贵衬衫都好穿，像登喜路，他们的西装虽然做得很好，衬衫就一塌糊涂，领子袖口洗后变形，又回到皱皱的时代，刚刚学穿的那一件的样子。

自古以来，衬衫的变化并不大，最多是领子，长的、短的、钮扣的。

有一阵子，为了防止领子皱，还在领尖里面插了两支塑料签，相信还有些读者记得。

考究的时候，领尖各有一个小洞，可用一管金属的领口针穿起来，但是这种设计现代人嫌麻烦，已经被淘汰了。

配“踢死兔”的衬衫最为腌尖[①]，领子是尖尖的翘着。

“到底领花是应该结在领尖的前面，还是后面呢？”这是一个大家都在讨论的问题。

八卦周刊常刊登什么舞会中的什么所谓的公子穿着“踢死兔”，有的用领花将领尖压住，只得扁扁的结在前面，有的把领尖弄成两个三角形遮住领花，谁对谁错？

都错。

领花应该独立地结着，而领尖应该略弯的翘在领花的前面。这个弯，大有学问，弯得不好，便是一片三角贴在颈项上，所以要完美地弄一个弯，须用一块薄如刀片的小熨斗，烘热了以后慢慢地把领子烫成一个理想的角度，才合标准。

---

① 腌尖：粤语词汇，形容挑剔、难伺候。

钮扣当然不能用普通的，金属和钻石的钮扣太过俗气。金属底，黑石面的较佳，有套古董登喜路的钮扣，袖钮是两个袖珍的表，还算过得去。

衬衫的料子也占重要位置。

最普通是棉制的，本来不错，但不及丝那么轻柔地抚摸你的肌肤。

丝制衬衫很贵，也很难烫得直，混合丝比较容易处理，但廉价得多。

最高境界是穿麻。中国人以为戴孝才着麻，西方人比较会欣赏。没有一种料子比麻的感觉更好、更舒服，一旦学会穿麻的衬衫，就上瘾，其他料子都不肯穿了。

麻易皱，可买同样大小、颜色的两件，上午和下午换来穿，才算得上考究。

至于“的确凉”，唉，别提了，一流汗便像膏药一样地贴住身体。混合了腋下狐臭，哎呀呀，我的妈，三呎[1]之内，熏昏死人。

话说回来，什么衬衫都好，二三十块一件的，穿在有自信心的人身上，和三四千一件的没有什么不同。

天下最好的衬衫，是一件干净和挺直的衬衫。

有颜色的衬衫要和西装及领带衬色才行，不然干脆穿白衬衫。

白衬衫最大的敌人是女人的口红。

请别尝试用牙刷涂牙膏去刷，绝对无效。

唯一的办法是挨到天亮铺子开后，买一件新的同品牌货更换，

---

① 呎：英尺旧也作呎。一呎约等于0.3米。

衬衫领子上的口红，是永远永远洗不掉的。

也许可以将恐惧化为生财之道，设计一件印有女人口红的衬衫，赚个满钵，一乐也。

衬衫随想

……

自小就穿过雅路衬衫，白衬衫是全球男人最具代表性的一件上衣。后来，雅路渐渐没落，已没有人穿这个牌子，但是鳄鱼牌衬衫始终流行。长大了，才知道法国早已有条“鳄鱼”，不过你想穿港产的，随便你好了。

白衬衫实在欺负穿的人。领子太宽、袖太长，都是缺点。非长年训练，绝对穿不好。袖子太长，像穿唐装卷起来，不就行吗?

基本上，男人白衬衫的设计没有什么变化，百多年来，都是那么一个老样子。

后来，有一天，我看见了一位叔伯，带着几个空中小姐在酒吧喝酒。啊，他衬衫的领子，竟有两颗钮扣扣住，是多么大胆的一个构思，那是五十年前的事。

领口的双扣，流行至今。但是没有复古当时髦的感觉，因为中间从来没有中断过。当今看来，似乎有点厌烦。

当中也有人发明了内扣装，那是领子的双边后面连着一条小带，目的是打了领带之后将领口扣紧，里面看不到钮扣，但使用者觉得不方便，流行不起来。

忽然之间，一件白衬衫可以卖到两三百块港币。当我听到在日本做一件衬衫要一万日元，合七百多块港币的时候①，有点惊奇，但是法国和意大利的名牌，早已是一千、二千、三千和五千了。

有什么区别呢？当我们穿的白衬衫衣领，还有两个尖矛形的塑料撑住时，他们的衬衫早已不用。代之的，是完全没有加工的领口，但还是那么坚挺、好看。

有些领口照样有两粒钮，但是已经暗藏在袖尖底面，有的甚至领中有领。两个叠于领后的小领，扣上了钮，外表看不出而已。

至于配“踢死兔”晚礼服的白衬衫，双领应该由内翻出，尖尖的。所结领花，是在领子外或在领子内呢？都错了，是在中间，不外不内的部位。要维持这两条尖领不被“烫死”，英国绅士还发明了一个像刀片般的小熨斗，打完了领花，将领子烫一烫。他们追求完美嘛。

男人穿白衬衫，基本上有什么秘诀？简单得很，穿惯一个牌子，记住领口和袖长的尺寸，一直跟随，就不会出错。

但是，有时苦于布料不是自己喜欢的。所爱颜色，又因尺码缺货，难于买到一件合乎心意的白衬衫罢了。

这时，我想起香港那么多定制衬衫的店铺，做得又快又便宜，为何不尝试？

买料子给裁缝做好了。白衬衫布料，太皱的烫不平。起码得三四百针，才能笔直。我试过追求八百针的，后来朋友说重庆大厦

---

① 本文写于2013年，文中汇率和价格均为当时的行情。

中有一布料店，出售瑞士织的一千两百针的，即刻买下。

拿了一件穿惯的白衬衫，关照上海衬衫专卖店："请替我做得一模一样好了，别去改它！"

上海裁缝唯唯许诺，做出来一看，领子照样是那两个塑料尖支撑，吓得一跳，那一千两百针织的布料，就此泡汤。

从此不敢再请人定制白衬衫，直到认识一位香港衬衫大王，他说："拿来给我们做好了，保管一模一样！"

我的个性，总是先相信人，就到这位长者店里再做一件。

事先把穿惯的交给他们做样板。店里大师傅要量我的领子和袖长，我说不必了，照做可也。对方坚持：人的双手，有长有短，量一量吧！我转头甩手，但拗不过大师傅，只好声明不可更改。

终于做出来了，袖口折叠处完全不对，袖子太长，领口太宽。上海师傅，是有个性的，非将之发挥不可。

再给你一次机会，不要改！我命令。

到了店里一量，领口还是阔大。少东心有不甘地抱怨："你的衬衫已洗了几次，我们新做的做大一点，以防缩水。"

我的第一个反应就是：为什么你不先将布料浸湿缩水处理？

但是，我知道再说一万遍，做出来的不一样就是不一样，客气地称好。

男人西装和白衬衫，不管是法国或英国的名家设计，在领口后面总有一条小布，绣着"Made in Italy"（意大利制造）的字眼，看见了就有信心。为什么？手工好呀！

我不相信意大利裁缝的智慧和细心，会比香港人好那么多，但是我们只看眼前，游客一到，好，两小时做给你。苏丝黄年代，毕竟已过。上海裁缝手工曾是一流，但永远置身香港，从未出国旅行，加上那致命的顽固，无可救药。

试看意大利人的西装技巧，领子部分已有一大跃进，造出的领底衬料，永远不会起皱纹。香港裁缝还生活在逝去的年代，把领底用厚麻衬住，夏天一到，热起来把西装搭在臂上，再穿起时领子皱得像油炸鬼。

白衬衫也是同样道理，一直是硬邦邦的那几款领子，别说袖口的变化了。我们太不求上进，太落伍了。

吾老矣，希望有生之年，可以看到“Made in Hong Kong”（香港制造）的小布条钉在各国名士的西装领子后面，时装的手工业成为香港的巨大收入。对聪明的香港，我是有信心的。

穿西装的学问

……

西装，已经被公认为国际性的男人衣服，不管什么国家穿什么传统衣着，西装总是正式的，被大众接受的。穿上一套整齐的西装，是对对方致敬，是一种礼貌。

自从西装发明以来，变化并不太大，考据起来是从十八世纪开始的，将永远地流传下去吧。

基本的结构是上衣和裤子，里面穿着衬衫，打条领带，即成。

上衣有时三粒钮扣，有时两粒。大关刀领子的双排扣西装则有四至六粒钮扣。两边袖子上各有一排钮扣，一至四粒不等，但是一点用处也没有，据说是防止人拿袖子来擦嘴，但这个说法有点疑问。不过，高级的西装，袖子上的钮扣应该是可以扣上或扣除的，如果只是钉上去做装饰，那么这件西装好得有限。

隆重一点的场合，可穿三件式的西装，背心的布料当然和西装相衬，但也限于前面，背面要是也用西装布，就显得臃肿了。

领子大有学问，有时流行阔，有时流行窄，适中的衣领，永远不跟流行，可以一直穿下去，是最佳的选择。从前盛行由上海师傅或广东师傅手做西装，前者的手工费要比后者贵一倍，但当今已经不再请裁缝做西装了，道理很简单，本地裁缝的西装，经折叠，领子便出现褶皱，久久不退。欧洲做的西装，经油压处理，领子永远是挺直的，就算夏天热了脱下来堆在手臂上，有点皱痕，但是穿一阵子或挂起来，领子便很快地恢复原状，所以现在大家都去买西装，中国裁缝没有剩下几个。

但是在欧洲，手做西装还是最名贵的，各个名厂都可以为客人度身定制，当然，价钱要比买的至少贵出一倍以上。

手工方面，意大利人做得又好又便宜，所以名厂只负责设计，在意大利裁剪，英法西装的后领，都有“意大利制造”的文字。

瑞士的手工也不错，价钱比意大利贵，杰尼亚（Ermenegildo Zegna）牌子的西装，多是瑞士制造的。

其他法国名牌如迪奥（Dior）、爱马仕（Hermès）、浪凡、香奈儿等，都是意大利手工。

英国登喜路西装最传统了，他们的深颜色西装不太改花样，近年只在衣扣上有个新设计罢了。登喜路的西装不厚不薄，四季可穿，价钱不便宜，但物有所值。

看起来，所有厂家的西装都是一样，但穿起来就不同。有些公司的肩是斜的，高瘦的人穿起来就不好看，斜肩西装只适合运动家型的男性穿。

买的西装并不一定合身，袖子的长短是最大的问题，每家名牌店都有专用的师傅会为你更改。改长短不是把袖口切掉——这一来，钮扣的位置就不对了——改长短是在连肩的部位改。

整件上衣分长款（long cut）和短款（short cut），前者适合高瘦的人，后者为矮子而设。

背部长得畸形的人可以将西装由中间放开或收缩，这也大有学问。一件名贵的西装，要是经过一个下等的师傅改，就泡汤了。

裤子是留着裤脚，依客人的脚长折缝。裤头也可以收放，但是多少限于一吋[①]左右。改大改小，都不能超过一吋，否则便要换一个号码的尺寸才能穿得下。

便宜的西装几百元到千多元就能买到，贵的万多元，很少超出两万元的，和女人的衣服比起来，男人还是着数[②]。

买西装的秘诀在于其料子上乘。不跟流行的话，趁每年两三次的大减价去买好了。每年添个一两套，累积起来，已经够穿。不过也有条件，那便是不能吃得太胖，否则所有西装都穿不下去，便要花费一笔钱去买新的。

不管你怎么讨厌穿西装，但是一穿起来，整个人就是不同，只要身材不是太肥或太瘦，穿起西装，总是庄重、好看。

有些人一坐下，背后领子的部位便拱出一团布料来。这是西装共同的毛病，习惯出镜的人会在坐下来之前把上衣衣背一拉，用屁

---

① 吋：英寸旧也作吋。一吋约等于2.5厘米。

② 着数：粤语词汇，指的是得到的好处或者便宜。

股压住，就不会出现这种怪现象，但也不能拉得太下，否则露出一截白衬衫，就难看了。

选西装的学问

……

从前名牌西装一万多块就有一套，在二〇一五年已涨到四五万了。

为什么要买这些店的，而不在附近找裁缝做？道理很简单，人家的高科技机器，把领子熨平了怎么弄都不会皱，我们的脱了下来挂在手上，一下子就变成油炸鬼了，所以西装这件事，省不得也。

年轻人买不起，不要紧，当今很多牌子卖得都便宜，像M&S、Zara、优衣库等都卖西装，他们也有熨领子的机器，买一件卡其料（Khaki）的，简简单单，穿起来也够体面，不一定要跑到欧洲名牌店去找。

有了多余的钱，就去投资一套好西服吧。二〇一五年流行的都是窄衣窄裤的，有些裤脚还要短得露出一大截袜子，这些西装，再过一年半载，看起来就十分滑稽，而你的投资，就泡汤了。

长线的话，一年买一套夏天薄的、一套冬天厚的，加起来，十年你就有二十套，二十年就有四十套西装可以不断地更换，你的衣柜，已是个宝藏。

不会被嘲笑过时吗？中庸的西装，我可以保证，至少可以穿个二十年。不是大关刀领，也非太窄的裤子，那种两粒至三粒钮扣的西装，亲眼看到，是二十年，甚至于三十年后，穿到欧洲去，还是被尊重的。

上衣不会改变太多，裤子的流行变化才大，我们要是一成不变，当然成为笑话，当今只要买多几条裤管没那么宽大的，已不会落伍。

料子才是应该注重的，对方要是识货之人，一眼看出，自己穿在身上更增加自信，春天买海军蓝点子花纹细呢（marine blue micro-nailhead），夏天奶油色双宫绸（cream dupioni silk），秋天深灰色雪克斯金细呢（oxford gray sharkskin），冬天剑桥灰精纺法兰绒（cambridge gray worsted flannel）。或者简单一点，天热时来件又薄又轻的没有里子的浅色麻质，天冷时来件深色小茄士咩[①]，已够应付。

西装还有一种四季皆宜的丝料，通常是卖得最贵的，穿这种料子的人夏天在有冷气的室内，冬天在有暖气的室内，外出有车子接送，不必穿太薄或太厚的西装。

求变化时第一件要买的就是运动西装（blazer）了，它可以穿得隆重也能轻松，适合出席户外活动，颜色只限黑色或深蓝，特点在铜钮，多为三排六粒，上两粒是装饰，右边的两粒实用，钮扣代表了西装的牌子，也有深蓝的钮扣，像带着一个“D”字的“Dunhill”运动西装就是一个例子。

如果有需要的话，要多一件“踢死兔”好了，会穿衣服的人不太用这个名词，都称之为晚礼服（dinner jacket），要穿的话别太

---

① 茄士咩：羊绒，英语为cashmere，因此粤语音译为茄士咩。

马虎，得来一整套，丝领的上装，左右带丝条纹的裤子，结领花的衬衫、黑钮扣、配袖扣，丝质束腰带和光溜的皮鞋，背心穿不穿随你，但上述的基本，不可缺一。人一生之中买个一两套，当玩的好了，穿不穿不要紧。

穿西装最大的忌讳是袖子多数太长，没有露出半吋的衬衫袖口。颈背不合身，肿起了一圈，更是不可饶恕的。当今要找到好裁缝，只有去伦敦的萨维尔街（Savile Row），十几二十万一件很普通，有没有这种必要看你自己的要求，要明确地知道自己要一件什么样子，看现成的。

一般，去名牌店看见有什么你喜欢的样子，就叫店里的裁缝替你改好了，都有这种服务。

值得推荐的是意大利的诺悠翩雅（loro piana），它们以名贵料子见称，可以选择的多不胜数，更特别一点，冬天它们有独家的驼马绒（vicuna），夏天有莲花纤维料，它们的手工更是一流，什么身形都能做到最好。

其他西装店有阿玛尼（Armani），十多年前在一部电视剧中被捧红后，变成美国人最爱穿的西装品牌，但在我看来，已经一件不如一件，变成一块死牌子。

范思哲（Versace）的大多花枝招展。老实一点的有汤姆福特（Tom Ford）。

雨果博斯（Hugo Boss）在美国大花广告费，也有人知道了，但爱好时装的意大利人和英国人都把这家德国厂当成笑话，尤其是它的名字谐音“波士”，不俗也变俗了。

稳重的是布里奥尼（Brioni）和杰尼亚，这两家店的料子和剪裁一向是最好的，定制当然更没有问题，如果想拥有一套四季皆宜的西装，最好在这两家店选料后请它们的裁缝做，不太会过时。

想穿得入时、潇洒、飘逸又不落老套，也不跟时髦的话，那么圣罗兰是首选，它们的西装外面漂亮，连里子也设计特别，脱下后翻折在手腕，也相当有派头，可惜此厂只注重女性产品，男人的西装每季只设计十几套，选择很少。

爱马仕和LV也出男人西装，样子看起来永恒，但都有少许的变化，每年如此，每季如此，懂的人都看得出已经是去年货，除非你跟得很贴，又不在乎每套西装只穿一季，否则还是别买。

毛衣

……

天气又凉了，开始整理御寒的衣服。

从柜中找到一件卡利根①，是件长袖前面开衩的毛衣，下面有四粒钮扣，每排两粒，以供大肚腩者穿着。这是英国Jaegar牌的产品。

抚摸起来，还是那么柔顺，穿在身上，感到一阵阵的温暖。虽然胸口背上，已有数个虫蛀的小洞，但我珍之惜之，每年必取出着用。

---

① 卡利根：开襟羊毛衫，英语cardigan的音译。

这是家父遗下来唯一一件衣服，我会穿到死亡那天为止。

这是数十年前，当他来香港探望我时，我为他买下的。新加坡天热，不必用到。每年来港小住，一遇天寒，就穿这件黑色的毛衣，其他时间放在我家里。最后一次返新加坡，照样留下，我才派得上用场。

入秋时，一件衬衫，加上这件毛衣，已足够。到了寒冬，清晨起身，我爱把它反着穿，钮扣扣在背后，再披上一件丝绵袄，开始写稿，多年来不变，已成习惯。

怎么当年的毛衣，质量那么好，永远不会起毛球。当今买到的，穿了几次，已要用剪刀除掉起毛部分，虽说都是茄士咩制成，与旧的有天渊之别。

一生之中，买过的毛衣无数。为了跟流行，也穿过劣质毛衣，一点也不暖，款式好看而已。有的甚至尖毛扎肉，穿得非常之不舒服。从那时候起，也就讨厌樽领式的毛衣，每次都要用手指去拉一拉，才能喘气，老罪受够。

V领的毛衣也不好穿，冷风吹入，非得另用丝围巾打一个结来御寒不可。

爱穿的是圆领毛衣，里面一件衬衫，露出领来，毛衣再起尖毛，也扎不到我。圆领毛衣买了多件，都是净色的，红蓝白绿，用来配衬衫的颜色。

就算去了北海道，一件BVD汗衫，一件衬衫，加上一件毛衣，最后穿件皮外套，怎么寒冷，都不怕了。到了室内，一件件脱去，直到剩下汗衫和衬衫为止。

在前南斯拉夫生活时，看到一件很厚的，以为一定很暖，即刻买下。穿了几天，好像挑了担子，愈来愈重，弄得腰酸背痛。更觉得穿毛衣，非上等茄士咩不可，又轻又薄，像意大利鞋子，穿上之后再也回不了头。

最近，茄士咩大行其道，大陆产品居多，什么毛衣都说是茄士咩，不然就是什么帕什米纳羊绒（pashmina）。

茄士咩这个词已被滥用。其实，只有生长在海拔一万四千呎的喜马拉雅山山羊（capra hircus）的毛，才有资格称得上，而且只用它颈部的毛，腹部的已是次等。在新疆那边的羊，叫为茄士咩，而在克什米尔的叫为帕什米纳羊绒，其实产自同一种羊。羊生长在愈高的地区，毛愈细，只有人类毛发的六分之一，也是全世界最细的天然纤维。

西藏毛羚羊和克什米尔的羊被人类大量屠杀，已近灭绝。当今最高品质的羊毛已被全球禁止出卖，在欧美等地，被环保人士看到，也会像貂皮一样被泼红漆的。

我买到的是数十年前的产品，当年不受限制，没什么大罪。除了毛衣之外，还有一条三丈长的围巾，用来包裹全身，像一只粽子，绝对温暖，这条又长又大的围巾，可以穿过一个戒指。

当今能买到的最高品质的毛衣，只有苏格兰的名牌普林格（Pringle）吧？

Pringle已有七十多年的历史，一向是皇室的爱用品，有只狮子为商标。

这块牌子不只是一件毛衣那么简单，在一九三四年，请了名设计家创出一套叫Twinset的搭配，里面圆领毛衣一件，配上同颜色与料子的外衣，创造出潮流来。

这个设计到了一九五五年，出现于*Vogue*（《时尚》）的封面，再度发扬光大，著名演员如格蕾丝·凯利（Grace Kelly）、劳伦·白考尔（Lauren Bacall）和性感小猫碧姬·芭铎（Brigitte Anne-Marie Bardot）都穿上，成为众人争购的产品。直到今天，许多淑女还是爱穿这种叫Twinset的衣服。

在一九五一年，Pringle开始为皇族设计高尔夫球装，一下子售罄。到了一九六四年，出名的阿诺德·帕尔默（Arnold Palmer）也穿了，卖得更好，后来他学会了设计自己的牌子，但质地差得远了。

近年来，Pringle在米兰时装节上不断推销产品，请了《星球大战》和《红磨坊》的男主角伊万·麦格雷戈（Ewan McGregor）当模特儿，披上一条刺绣着红色大狮子商标的围巾，有款有型。

日本人发明了团团转的织毛衣机器，使其一次过可织成一件衣服，完全无缝。Pringle更为淑女们设计了毛衣晚礼服，又轻又薄，身材尽显。

至于这个出名的厂，老板是谁呢？

原来是被香港人方铿买了去。英国的大公司，经营不善，被外国人购买的例子甚多。今天午膳，听左丁山兄说，Jaegar牌也在找香港人购买，没人要呢。

记忆最深的，是当我出国念书时，父亲买给我的那件毛衣，就是Pringle的。而我送他的，只是件Jaegar，非常惭愧，但人已去矣，后悔也来不及了。这个故事教训我们，对于亲爱的长者，要送的礼物，一定要最好，就算多贵，储蓄久了，一件毛衣，也花得起。

穿衣的乐趣

……

日本的夏天，吃七月底最成熟的水蜜桃，浸浸温泉，与下雪时又是不同的味道。起来，一身汗，喝一杯冰冷的啤酒，听听周围树上蝉声。

勾起一段回忆，四十年前看过一部石原裕次郎的电影，他在夏天穿了一套和服，薄如蝉翼，心中大赞："天下竟有此般美妙的东西！"

后来才知道是一种叫小千谷缩（Ojiya Chijimi）的麻质布料。早在千多年前，已极为日本人推崇。

"小千谷"是地方的名字，所谓"缩"，则是一种传统的织布法，在昭和三十年（1955年）被指定为日本重要无形文化遗产。

哪一家、哪一个牌子的小千谷缩做得最好呢？都不重要，要经过严密的审查才能打上"小千谷缩"的标头，需具有以下五个条件：

一、原料一定要使用手撕出来的苎麻。

二、织有条纹，不靠机器。

三、只许用传统的木架织布机纺织。

四、去除麻线上的凹凸，只能用水冲洗，或用脚踏平。

五、必得在雪上晒干。

自古以来，越后新潟的农村女子，到了冬天雪季不能耕种，就在家里织布。将苎麻浸水后一条一条剥成线的过程已需一个月的时间，纺织时屋中不可烧火炉，否则影响纤维的伸缩，织好的布在雪地上洗晒，也是同一个道理。麻条制成布匹后，揉之又揉，纤维收缩，卷曲起来离开皮肤。

用这种技巧织出来的布，质地柔软，但非常笔挺。在透凉感、水分的吸收和发散、白度、光净、坚韧上面，苎麻都比南方人惯用的亚麻强得多。

小千谷缩算是世上最完美的麻质布料，你只要穿过一次，就上瘾了。

织成的布料磨擦在身上的感觉，是种无比的享受。伊豆修善寺的温泉旅馆中，就用全白色的小千谷缩来做布团被单和枕头的盖子，非常豪华奢侈。

这回带了老饕旅行团来冈山吃桃子，前后两回一共在日本住上十天，够时间在大阪的高级和服店定制一件。

小千谷缩做的和服近于透明，得穿上一套内衣才不失礼。通常日本人会在上身穿一件内衣，领子和袖子的颜色衬外衣，中间是白的。

我选的外衣是深蓝色的，问裁缝师傅道："为什么中间要用白色，全套都是蓝的不行吗？"

"白色，"他回答，"才能把材料衬托出来，让人家看得出是小千谷缩。"

另外要配上一条内裤，盖住膝盖那么长，日本人称之为舍子（Suteteko），也是棉质的居多。

腰带可用扁平的，但是我还是喜欢近于黑色的十二尺[①]丝带，

---

① 尺：长度单位，1尺约等于0.33米。

卷成数圈缠于腰中。

一般和服的腰带绑起来，结容易松掉。为什么有些人的带子绑得那么结实？原来穿上身内衣时，已有另一条带封住。穿上外衣，内层又加一条，最后外层才缠正式的腰带。

拖鞋或木屐任选。要正统的话，还是得穿江户时代公子哥儿流行的Setta①。皮底，插着一条钢条，走起路来发出金属声音。

夏天不可缺少的道具是一把扇子，普通的日本折扇太小，没看头。用一把葵扇吧。扇上加网，令它不散，再添上一层薄漆，才不穿孔。选把鲜红色的，够悦目。扇子不用时，可插在腰带背后。

衣服绝非夏天洗完澡后穿的浴衣可比。浴衣只能穿着在街上散散步，不登大雅之堂。这一套和服可以出席任何场面，非常大方。

织小千谷缩的工匠愈来愈少，政府拼命培养，但有什么年轻人肯在没有暖气的屋中织布？尼龙代替，却一下子就露出马脚。

“小千谷缩那么好的料子，为什么内衣却是普通的棉织？”我问那个和服专家。

“啊！客人。”他说，“我们日本人穿衣服是穿给别人看的！”

“那么你用蓝色的小千谷缩来替我做做内衣吧，别人看得出看不出不要紧。”我说，“但这合不合传统？”

“不是合不合的问题。”他回答，“衣料不便宜，没有人那么要求过。”

岂有此理！自己感觉好，才最重要，管人家什么看法？

记得丰子恺先生谈起他老师弘一法师李叔同的服装，说他是风

---

① Setta：一种日本传统的鞋子，外形与木屐相似，是在草履基础上改造而成。

度翩翩的公子哥儿时，穿的是整套挺直的西装。当了教师穿的是合身份的长袍。做了和尚，写信请人做袈裟，尺寸写得清清楚楚，绝不含糊。是什么，穿什么，像什么。

洋人着唐装，男人总像功夫片配角；女人穿旗袍，衩开得有如欢场女郎。看得人摇头不已。

我们到意大利最好穿英国西装，到英国穿法国的。着日本和服，非但穿得要像样，还要穿得比日本人好，一乐也。

浴衣

……

我们在日本旅行，旅馆一定放好几件衣服在柜子里，换上后便可以去泡温泉或穿着到宴会厅吃晚餐。

这件衣服不叫“和服”，只能称为“浴衣”（Yukata）。

有些人穿得很好看，有些不像样，是有点窍门的。首先，有大、中、小三个尺寸，如果看不到你要的号，可叫侍女拿来，我走进旅馆第一件事就看有没有大号或特大号的。大是Dai，特大是Toku Dai，关照一声即可。中或小号的，房内一定具备。

把浴衣张开，挂在肩膀上，两手插进宽大的袖里通出，是第二个步骤。

浴衣的两边都有个尖角，先将尖角对好，一拉，把整件浆过的浴衣张开，是第三个步骤。

左右两手各抓着尖角，右手先伸到腰骨部分，按住。再把左手的尖角紧紧地包上。这时照照镜子，看整不整齐，当然两手还是要按在尖角处，以防走样，是第四个步骤。

第五就是缠腰带了。男人缠在肚腩处，肚脐和生殖器的中间部位。女的才缠腰。缠好了打一个结，过长部分塞入腰带之中。

腰带常会滑落。有一个偷鸡[①]方法，就是自备一条伸缩性的带子，有魔术贴扣，缠上一圈，即能自动贴紧，再绑腰带，就不会出毛病，这条东西在任何一个和服店都可以买得到。

浴衣在夏天才能穿出街，和大家一起跳盆踊时最流行。有便宜的有贵的，最高级的是小千谷缩的麻质浴衣。小千谷在新潟县。

浴衣有“三拍子”的原则，所谓三拍子，就是“用”“美”和“朴素”。小千谷缩薄如蝉翼，前两个条件兼有。样子朴素，其实很贵，但一件可以穿上一世，值得。

浴室见闻

……

一生旅行，长住或暂居，加起来，住酒店的日子，也有十多年吧，可以做一个小统计。

各种酒店，浴室中有不同的用品。最初住的，什么都没有。啊！想起来，唯有一双木屐。

---

① 偷鸡：粤语词汇，指偷懒。

经济的好转，带来了舒适。浴室里增加了不少用品，牙刷已是免费赠送。在东方酒店住惯了，以为一定有，到了欧洲，才知道什么都给，就是不给牙刷。牙刷是客人应该带在身上的呀！酒店这么认为。这才知道误了事。

很奇怪，韩国人的想法和欧洲人一样，也不供应牙刷。这点和日本人完全不同，在日本，多廉价的酒店，也一定有牙刷和剃刀。

说到剃刀，起初是用完即弃的单片刀锋，这种原始工具剃得满脸伤口，一点儿也不利，后来才出现双锋剃刀。不过欧洲的酒店，也不给剃刀，别说单锋或双锋。

有了剃刀，没有刮胡膏，也很不方便，自己携带的刮胡膏又太大了。后来日本的酒店，已奉送一管小巧的刮胡膏，一按就挤出肥皂泡沫来。别小看这管东西，节省的话，可派上一个星期的用场。

有些酒店更送一把剃刀，剃刀柄中藏刮胡膏，一面挤一面剃，相当理想。

肥皂是不管多差的酒店都给的，放在一个玻璃碟或瓷碟中。遇到入住非吸烟层，这个碟子就是一个很理想的烟灰盅，先铺一张面纸，用水浸湿，烟灰就不会乱飞，完了顺便擦干净，完璧归赵。

肥皂通常有两块，放在洗面盆前的较小，但质量较高，擦出来的泡沫细腻，用来洗脸；冲凉间的那块较大，也较粗糙，用来洗身。

擦身体的毛巾，便宜的房间，浴室中只有一条，天气热起来不够用，也没有办法，谁叫自己那么省钱。贵一些的房间在架子上有两条大毛巾，有时更供应三至四条，五呎长，三呎宽。洗脸盆前另有两条小的，东方客人多数会用小毛巾抹手，其实是用来包裹洗完的头发。

更高级的酒店，花洒间和浴缸分开。前者的玻璃门外另挂一条大毛巾，加上架子上的四条，除非是新婚夫妇，否则一定够用。而且，这种酒店到了傍晚，服务生会来更换新的，这才能称得上是五星级。

如果嫌床上的枕头太软，用这些毛巾铺上，就会睡得舒服。再不然将毛巾卷起来，塞在颈部，也是好办法。

电吹风机一定有，不必带。有些酒店的浴室里，还有防湿电视，这种设备是多余的，谁会一面刷牙一面看节目？不过如厕时听听新闻，倒是好用。

欧洲旅馆多数设有坐浴盆（bidet），当然不是用来洗脚，但他们的坐厕，则永远停留在原始状态中，不像日本一样有喷水洗涤的设备。在日本旅行就有那么一个好处，平价酒店亦已装上此类马桶。

厕纸应该有两卷，当今许多旅馆已有两个拉纸器，或者至少在冲水器上面再放多一卷，不然就会发生尴尬的情形。在印度的森林酒店中，连一张也不供应，好在我有先见之明，自己带去。

当今旅馆的小用具，已愈来愈齐全，冲凉当然有泡澡液，日本的有些还送温泉粉，高级的给你一大罐海盐，更令人身心舒畅。

摆在洗脸盆镜子前的还有棉花棒、一块用来卸妆的方棉、发梳、卷发棒和长条卫生棉，等等。就是不放避孕套，其实它最适用，急起来要找，可是呼天不应，叫地不灵呀。住过一些新派的设计家旅馆，是有考虑到这一点的。

旅馆的评级，已把浴室用品的品牌当为标准之一，从艾丽美（Elemis）、奥伦纳素（Erno Laszlo）等牌子算起，中级的则用法国普罗旺斯的欧舒丹（L'occitane）。认为宝格丽（Bvlgari）已是很高级的时候，更好的旅馆已用到爱马仕去了。

有些酒店中的洗发水是杂牌子，用了头皮像被腐蚀了一样，是很可怕的。加上护发膏的古怪味道，洗了头一身不舒服。通常我不会拿外国旅馆的用品，但遇到好的，还是会顺手牵羊，以防万一。

摆在花洒间或浴缸边的，一般有三个塑料小瓶，浅黄色的是洗发液；白色的是护发膏；蓝色的是泡泡浴，但也不一定，有时颜色会对调的。

这时，最懊恼了！

这三个小瓶子，字一定写得很小，开了花洒，冲到一半，要用什么瓶子才是洗发液？

人老眼花，看不清楚写的是什么字，又不肯乱用，时常要擦干头发去找眼镜！

天下最好的旅馆，再好的浴室用品，都有这个毛病！

伞

老了才会欣赏的，多数是英国货。

英国人制品数百年一成不变，永不跟流行，而用起来是一生一世的。

家父每天刮胡子的，是Taylor公司[①]的剃刀和毛刷，现在我也

---

① Taylor公司：指Taylor of Old Bond Street（旧邦德街的泰勒）是英国一家男性剃须理容品牌，由Jeremiah Taylor创立于1854年。

学会用它们，那么就不止一生一世，而是一代传一代了。

一向不喜欢在雨天打伞，但是如果找回那把Brigg[①]的黑雨伞，我还是爱不释手的。

在伦敦毕加德利的老店中，卖的都是狩猎的衣服、皮具、马鞍、靴和鞭等，伞是副产品，但代表了该公司的信誉。

绝对不是一按钮就张开，可以折成半截的那种，Brigg伞黑漆漆的，完全手动。但是仔细观察它的纹理，便会发现收起来时一翼叠一翼，可以收得很瘦很长，拿起来像一根手杖多过一把雨伞。

布料用质地很好的绢制成，雨点大了也会渗透水分，不如尼龙般密。有了这种小疵才是人类的产品，不然像神的用具。

有时看纪录片，发现皇亲国戚的那把雨伞，也一定是Brigg产品。日本天皇出巡时，拿的也是这把伞。

象征英国人的圆帽子和雨伞，前者已少有人戴，但后者还是大把带在街上走，不管是晴天或雨天。其他国家，一下雨，人们纷纷地跑到便利店去买一把透明塑料的伞。从十几块到几十块港币，用完即弃，不见了也不心痛，但每次打这种伞，做人总有一种寒酸的感觉，并不好受。风一吹来，整张塑料伞皮剥脱，只剩下像电视天线的鱼骨，样子更是滑稽。

用过的那把Brigg，是一位老导演的赠礼，后来转送给了一位年轻的朋友。他抿一抿嘴，并不懂珍惜。

为什么等到老才拥有可以用一生一世的东西？人类是奇怪的动物，身边的人，还不是一样。

---

① Brigg：世界顶级雨伞品牌，全称Swaine Adeney Brigg，创立于1750年，历史悠久。

手杖的收藏

……

向往十八九世纪的绅士拿着手杖的日子，那时候的人已不提剑，用手杖当时尚，做出种种不同的道具，是优雅的生活方式。

手杖（walking stick），中国人说为拐杖，要身体残缺时才用，这和我想象的差了十万八千里，故从不喜这个字眼，龙杖倒可以接受的，像寿星公或老太君用的那根，《魔戒》中伦道夫的也很好看，但都不是我要谈的。

自从倪匡兄因为过肥，要靠手杖支撑，我就每到一处，都想找一根来送他，走遍古董店，不断地寻求，他用的，怎可以是那种廉价的伸缩型手杖呢。

最初在东京帝国酒店的精品部看到一根，杖身用漆涂，玫瑰淌血般的鲜红，表面光滑，美不胜收，爱不释手，即刻买下。

送给他之后，他也喜欢得不得了，但是少用，因为怕弄坏了或丢掉，所以得不断地寻求。终于有一天，在北京的琉璃厂看到一根花椒木的，中国人做手杖自古以来都用花椒木，说磨擦了对身体好。买下，是看中它的形状。

枝干四处发展，开叉处刚好托手，杖头有角，像梅花鹿，真是有款有型。拿着它，从古董店走出来，乘人力车经过的洋汉看到，翘起拇指，大叫："Wow！Cool man，cool!（哇，先生很酷，很酷！）"

从此，引发起我收藏手杖的兴趣，尤其是我自己也要用上，在做白内障手术前，我一只眼睛看不清楚，感觉不到阶梯，像把3D看成了2D，是平面的，得靠手杖，大叫过瘾，可以一天换一根来用了！

研究手杖，先从分类开始，有城市用的和乡村用的，前者也分不同款式，crooks是弯柄手杖，像雨伞那种；杖头前短后长，接连到其杖身的叫derby，让人带到赛马场去。乡村用的多数是一根过，手把圆形或分叉，种类多得不得了。

Derby手杖的手柄，银制的居多，做成种种动物的形状，有鱼、鸭、狗、狐狸或狮子这些纯银的头，看银子的重量，有些卖得极贵。

当然也有一拉开就变成一张小椅，杖尖可以插在草地上的手杖，那是有特别用途的，不值得收藏。还是带有趣味性的好，一谈起，当然想到杖里剑，我买过一根，剑锋呈三角形，一拔出来冷光四射，奈何不能拿上飞机。

有趣的还有扭开杖头，就是一根清除烟斗的器具，也有一根是开瓶器的，另外可以掏出五粒骰子来玩。神探波洛（Poirot）用的那把，手柄可当望远镜，上网一查就能买到复制品。我买的那根杖身挖空了，可以放进三四个吸管形的玻璃瓶，一个装白兰地、一个装威士忌和一个装伏特加。

到哪里去买呢？世上最好的手杖店应该是伦敦的新牛津街五十三号（53, New Oxford St.）的“James Smith & Sons”了，它从一八三〇年开始，卖的是雨伞，当然也附带生产手杖，最为齐全，也负责替客人保养一世。

当今我常用的手杖，好几根都是一位网上好友送的，她知道我喜欢，在欧洲替我寄来，一根是用黄花梨木做的，杖身很细，但坚硬无比，杖头用鹿角雕出，和黄花梨的接口连接得天衣无缝，非常之优雅。

另一根杖头圆形，用银打的，花纹极有品味，杖身的木头为蛇纹木（snakewood），是极罕见的木头，产自中美洲和南美洲，特征是分枝对称地长出，做出来的手杖有凸出来的粗粒，坚硬无比，又不很重。

最近寄来的那根，用个包薄皮的长方形木箱装住，打开一看，是用非洲的黑紫檀（macassar）做的，杖头纯金打造，有62.8克重，刻有法国贵族的家纹，一九二五年由当时的巴黎名家Gustave Keller设计。

但并非每一根手杖都是名贵的，在雅典的古董铺中随便捡到一根样子最普通的弯柄手杖，长度刚好，就用二十欧买下，陪我走遍欧洲和俄国，不见了又找回来，很有缘分，同行的朋友都在打赌是用什么东西做的，有的说是藤，有的说是橄榄的树枝，争辩不休，说回香港后找植物学家证实一下，至今尚未分晓。

值得一提的是，游俄罗斯时适逢冬天，我有先见之明，在大阪的大丸百货买到一个铁打的道具，像捕兽器一样可以咬住杖身，下面有尖齿，在雪地上行走也不会滑倒。

上次去首尔，找到一位当地著名的铜匠，我极喜他的作品，杯杯碗碗都是铜制，用铜匙敲打一下，响脆声绵绵不绝。介绍了许多团友向他买，为了感激，他问能为我做些什么？我当然要求他用铜替我做根手杖，不过他回答铜太重，还是不适宜，即刻跑去找他做木匠的朋友替我特制了一根，用的是白桦木，已经削皮磨白，中间那段还留着原木痕迹，手把做成一只鸭头，有两颗眼睛，甚是可爱。

最后一根手杖还没到手，刚从北海道的阿寒湖回来，那里有一位我最喜欢的木刻家叫泷口政满，他的作品遍布鹤雅集团的各家高级旅馆，我也买过他的一只猫头鹰作品，也曾经写过一篇叫《木人》的文章讲他。这次又见面了，他高兴得很，又问能为我做什么，我当然回答要手杖了，请他设计一个杖头像他刻过的“风与马”中那少女，飘起了长发。他答应了，下个农历新年又会带团去阿寒湖，到时就能有一根独一无二的手杖了。

在巴黎偶遇的手杖店

……

此趟在巴黎，最大的收获莫过于买手杖了，我的收藏大致来自伦敦的James Smith & Sons、京都的手杖屋和东京的Takagen。

以为意大利会有很多，结果找遍罗马和米兰都不见专卖店。从前去了巴黎多次，还是对手杖没有兴趣的年代，这回去了，才大开眼界。

友人庄田在巴黎学做甜品，知道我喜欢，一直在专卖古董的集中地找手杖送我，这回刚好古董市场没有营业，找到一家叫Galerie Jantzen的，一走进去，俨如一间手杖的博物馆。

店里只有一位妇人经营，最初大家不熟，都有个距离，后来一谈起来，即刻知道可以互相沟通的，Chloe Jantzen把柜中的大抽屉一层一层拉出来，每层上百根，应有尽有。

首先，决定自己想要的是哪种类型，手杖当然分绅士用的粗大款，和淑女用的细小款，小的男人也有，但那是拿来装饰用的，不实用。有的是用鲸鱼须做的，不说的话真的看不出什么做的。

在手杖最盛行的十九世纪末二十世纪初时，男人一天要换三根手杖，早上全木手杖散步，傍晚银质杖头，到了晚宴，手柄是黄金打造。

从埃及的图坦卡蒙（Tutankhamun）王的令牌，到英王亨利八世、法皇路易十三，到拿破仑、美国总统华盛顿，大家都喜欢，跟着的贵族平民，各式各样的手杖一一出现，种类数之不清。

早年，妇女们用的，大多是《十四女英豪》中老太君用的龙杖，与身齐高，也许是一根普普通通的木棍，但我们从原始人开始就喜欢做一些与众不同的工具，艺术由此产生。

最先想到的当然是饮食，手杖一摊开，变成一张小桌子，从中取出刀叉、酒壶、杯子来。开餐酒的塞子不能缺少，已有数千数万的种类。奇妙的是杖头可以变成胡椒粉瓶口，另一根伸出尖刺，可以采树上的果实。

吃得太饱，就要运动，有单车汽泵的手杖，高尔夫球棍的已太普通，从杖中可以取出马鞭策骑，也可以取出一张网来捕捉蝴蝶。

钓鱼的工具更多了，各种鱼钩、鱼叉、鱼网。打猎的不少，当然包括铅弹枪和气枪，枪类手杖数之不尽，刀类的更是不少，但这些手杖都已经是武器，拿着不能通过海关，都已经不在我的收藏范围之内了。

座类的也许在这阶段对我更有用，打开了是张三角形的椅子最普通，也有圆形的，左右打开成一张长方形的椅子，更有一张是中空，让屁股有毛病的人坐。

城市绅士用的选择最多，常见的有一个精美的名牌怀表装在杖头上，也有原始日晷手杖，接下来是吸烟工具手杖，放香烟的、雪茄的、烟丝的、鼻烟壶的，变成烟筒或烟斗的，里面当然也有各种打火机。

望远镜形的，我已有神探波洛用的那根，但店里藏的精美得多，有的也可以当成万花筒来玩，喜欢有一根双眼镜、单眼镜和放大镜三位合体的镶金手杖，但已出售，关照老板娘替我再找。

摄影机手杖不少，也有可以抽出三脚架的。

八音盒手杖售价不得了，而且每一根都状态良好，打开了奏出各种名曲。小提琴手杖、吉他手杖、笛子手杖和箫手杖，还有一根一抽出来，是个铁架，给指挥用来放乐谱用。

还是烛光手杖好玩，里面有火柴、蜡烛、反光器、手电筒。说到好玩，游戏的最多，骰子、多米诺骨牌（domino）、飞镖、吹镖、桌球棍，等等。

还是和我职业有关的有趣，棍子里还藏了稿纸、钢笔和墨水，另一根大的，整根是铅笔。最精美的可以从棍筒中抽出整套水彩画具。淑女的有扇子、化妆箱、香水壶，等等。偏门一点的，有采矿石凿子的手杖。

我已经买了又买，但要怎么装回香港？上次选了一个日默瓦（Rimowa）的，但嫌太重。Chloe的妈妈这时走进店里，原来她才是专家中的专家，马上回答："用一个塑料的好了，很轻，是用来装打猎的双筒枪用的。"

妈妈名字Laurence Jantzen，还送了我一本她写的手杖书，叫*Les Cannes d'Art Populaire*（《流行手杖艺术》），我才发现店里的手杖书不少，买了又买，Chloe说："花那么多钱买书，好还是不好？”

“专业知识的书，能找到，已很便宜。”我回答。

走出店外，母女两人相送，用了《卡萨布兰卡》中的一句对白：“我相信，这是一段美丽友谊的开始。”

优老赐杖

……

去年又去了一趟北海道阿寒湖，继续我的手杖收藏之旅。第一件事当然先去拜访木刻家泷口政满，他走到店后，找出我订购的手杖。

一看，有点失望，并不是我想要的。

“怎么不是长发少女的造型呢？”我问。

“没木头呀。”他在纸上写着。

泷口是一位有语言障碍的艺术家，我们的沟通方式是书写。他接着说：“你知道我雕作品，从来不肯伐木，用的都是湖上漂来的朽木，今年没有木头漂过来。”

“这一根是樱花木吧？”我问。

他点头：“是我家后院种的樱花树，枝头积了大雪，折断了，拿来替你做手杖，刚好。”

樱花树和樱桃树，前者只是观赏花朵，后者可以长出樱桃。长花的树，枝干光滑，有一点一点的横斑，外表像长着一层油，深棕色中发出亮光。

仔细一看，在弯折处，泷口替我雕刻了一个少女的面容，微笑着，如果用来打人，凹进去的伤痕还有一个人脸呢，才愈看愈是喜欢。

鞠躬道谢，即刻用。拿在手上，看到的人都问是否是樱花木，还看出头像，惊叹出来。这根手杖之后一直陪伴着我，变成最爱用的手杖之一。

当然，我不会放弃泷口的其他作品，不停地打电话去问什么时候才有，他答应会通知我。

飞回东京之后，第一件事就去银座，找到了手杖专卖店，叫"Takagen"。

每一个大都市都有一间古老的手杖店，伦敦有了James Smith & Sons，东京有Takagen。

在明治十五年（1882年）设立，最初是经营刀剑的，废刀令施行之后改为卖手杖和洋伞。明治初期日本人受外国影响极深，绅士们都学英国人拿手杖当饰物，像古代中国的文人相遇时互相拿出扇子来比较一样，当年日本绅士是互相欣赏对方的手杖，流行一时。

店中商品令人眼花缭乱，我竟然选不出自己喜欢的，有一根颇古朴，造型并不突出，但一见都喜欢，想起我给倪匡兄那根花椒木的，形状虽美，可是脆弱，就即刻买下送他。

到底是这位老兄见闻广阔，一看就知是根叫"赤藜"的木头，提起轻巧，但极为坚硬，几千年前的商朝已有文字记载说用此木做杖，是为上品，比花椒木更早。

手杖的收藏，最初以外形为主，渐渐地，便进入欣赏木头。我一次又一次地造访Takagen这家店铺，从外形买起，至今进入木质阶段，这次又去买了一根不起眼的，黑漆漆的，但卖得很贵，原来是金丝楠木，店里说这是上百年的木头了。

有次我拿了那根“蛇木”的手杖上门，说杖上还留下对称的横枝模样，店里的人说这是后来故意刻上去的，我有点不信，哪知他笑嘻嘻，请我到后面的工场去，从架子上拿下一根木头，直径有二吋之大，说所有用蛇木做的手杖，都从这种大木头削起，到最后才磨成又细又长的手杖来。

“那么定制一根要多少钱呢?”我问。

“三百五十万日元。”对方回答。

怎么看出是蛇木呢？它有独特的花纹，有的还显出一个个罗马字母的“P”字，所以英文名又有“字母木（letter wood）”的别称。

另外看到一根，把手柄扭下来，再转开盖子，就是一根烟斗，也买了下来。天气已冷，可以开始抽烟斗了，近来香烟已不碰，只抽雪茄，偶尔转换抽烟斗，亦是乐事。

Takagen的玻璃橱窗中，摆着一根镇店之宝，有个银制手柄，一只鸽子的造型，店里的人说许多日本文化，都是从中国传来的，他用Itadaki这个字眼，是“赐”的意思，很尊敬中国文化传统。

中国周朝有“优老赐杖”之理：五十岁是家里人送的，六十岁是乡里送的，七十岁是国家送的，到了八十岁是宫中送的，这在《礼记》中有所记载。

八十岁的这根手杖，有个鸽子的手柄造型，魏朝叫“鸠杖”，也叫“玉杖”。店里这根是复制品，我问有没有得卖，他们说没有，但很好奇地问：“如果有的话，用来赐给谁?”

我笑着：“当然是赐给自己啰！”

奇怪奇怪的手杖

……

从东京的Takagen一转，手杖收藏的追求来到了京都，在这里找到了Tsueya手杖屋。

先介绍这家店的老板，名叫坂野宽，五十多岁，人长得略胖，整天笑嘻嘻的，但一讲到身世，眼泪掉个不停，原来他在十年前发现视力愈来愈弱，几乎有眼盲的可能性，后来得知经计算机可以放大报纸和杂志，才渐渐对人生有了希望。从此，他决心开一间手杖店，帮助有视障的人。

手杖这种助步道具不好玩吧？也不是，他把各种设计和色彩及功能带进了灰色的世界，把手杖变成一种时尚，一种令人不觉得老的东西。

从世界各地，他收集了近十万根的手杖，其中当然包括手里剑，像盲侠座头市用的那把，当然是不锋利，杀不死人的。

将手柄一拉开，里面藏着三粒骰子，就能在无聊时和朋友们玩起来。消磨时间罢了，不必认真赌。

我到店里，买了一根藏酒的，是Fayet厂的产品，法国人的东西，里面有一个小玻璃杯，再转，另一个杯子冒出来，又转，取出一根很长很长的玻璃管，至少可以装一小瓶白兰地或威士忌。

另一根，杖内没有藏玻璃杯，只是一管更长更大的瓶子，原来是装茶或咖啡用的。

好玩，但不一定买的，是一支吹筒，暗格中藏了三支带羽毛的箭，放进管子一吹，箭飞出，可刺人。

最普通的是雨伞了，但是做得那么精细，怎么看也看不出能够藏在杖里。

开木塞用的开瓶器很普通，但是忽然要找时很好用，是酒徒的恩物。

我在店里又买了一根手杖是全黑色的，黑得发亮，但头部是一朵鲜红的玫瑰花，刚好用来衬托我的“蔡澜的花花世界”卖的玫瑰花系列食品。

最实用的是拉开就是一张小凳子，最原始的是附着一个手摇的铃，像旧时脚踏车用的那种，叫人让路。

在店里还看到一根刻着《心经》的手杖，只是不喜欢字体，所以没有买下。

老板坂野宽一心一意造福人群，自己发明了一个手摇的电筒，用LED灯照明前路，后面有个闪红灯的设备，防止黑暗中有车子来撞。电动器可以震动，变成一款按摩器。当今他已被封为人间国宝，他的店已有七八家，卖十万根以上的手杖，如果客人行动不便，他把一辆卡车改装成流动贩卖店，有需要的老人一打电话，他即刻上门服务，他说自己最大的愿望是赚到了钱拿去捐给失明人士。

我的手杖收藏不停地增加，目前只是一个开始，总之每到一处，第一件事就是找古董店，看看可不可以买到一些稀有的制品。

在摩洛哥的市集中，找到一根铁做的，镶着各种宝石和牛骨鹿角，手柄一转，里面藏着一把锋利的小刀，大概是用来割羊肉用的，但是我嫌它重，又有杀伤力，所以只用了一次就摆在墙角。

也不是每一根都很贵，台湾人用强化塑料做了一根非常轻的手杖，上面印着美丽的蓝色花纹，穿蓝色衣服时用来衬一衬，也好玩。

另一根是全红的漆器手杖，买来过新年的，但没有我送给倪匡兄那根美丽，我一定要不停地去找，找到一根和他那根一模一样的为止。

有时买了，查不出是哪里做的，像那根印着“Ahlat”字样的，手柄从来没见过，是个圆圈，拿在手上，不知哪一头是头是尾，用左手拿还是右手拿也不知，最近看到一档电视饮食节目，老板也是手杖收藏家，他也有一根，改天有机会上他的餐厅，问问看是哪里做的。

也有一根是左手用的，才知道手杖分左右手，这一根有个木头的垫子，走起路来才知好用，但不能换手，我又不是左撇子，买来好玩而已。

最得意的是最近买的一根羊角柄的，羊角大到不得了，但又不是很重，见到的人，都说“有型”，喜欢得很。

有一本专门讲手杖收藏的书，是日本人坂崎重盛写的，书名叫《我的奇怪奇怪手杖生活》，“求龙堂”出版。书中，他说收藏者是一个猎人，到处狩猎，而猎物是手杖，看了颇有同感。

手杖除了手柄、杖身之外，还有尾端的那块垫子，一般收藏家不去注意，买了一根名贵的，但垫子是一大块样子很丑的胶垫，看得倒胃。

好在Takagen有种服务，是替客人把杖端削尖，再用一块很尖细的垫子套上去，这才好看。

更细心的是“手杖袜子”，那是一块厚棉，到日本人家里的榻榻米客厅或房间，往手杖尖一套，又好看又有礼貌，真好！

第二章

潇洒的生活哲学

大吃大喝，大笑大哭，旁若无人，又有谁管得着你？偶尔的疯狂，是真的营养。

我们不会变得更老，只会变得更好……

每一个人只能年轻一次，大家都歌颂青春的无价：青春小鸟一去不回来！啦啦啦啦！啊！千万别浪费它！

但是每一个人也只能中年一次，老年一次。人生每一个阶段都珍贵，何必妄自菲薄呢？

遇到老者都像麻风病人一般逃避的年轻人，哈哈，不必去骂他，终有报应，总有一天他们自己也会变麻风的。

老实说，我并不喜欢年轻时的我，我觉得我当年不够充实，鉴赏力不足，自大无知，缺点数之不尽。看以前的照片，只对自己高瘦的身材有点怀念，还有剩下的那点愤世嫉俗的忧郁。

不，不，我忘了，尚有一个好处，那就是用不完的精力。一天来个七八次很正常，现在，过程如吃西餐，有冷热头盘、汤、主菜、沙拉、甜品和饭前酒、餐中酒、事后的白兰地等。比较起来，年轻时只是麦当劳的汉堡包一个，可怜得很。

衣着方面，当年的色调只肯采取白、灰和蓝色、黑色，除此之外，一切免谈。不知何时开始，对鲜红有了认识。同时也知道了丝绸贴身的感觉，更爱麻和棉对肌肤的磨擦。只穿牛仔裤的人，岂能了解。

年纪大了，如果能穿一整套棕色西装，衬着同颜色跑车，在繁华的大道中下车散步，背后有夕阳，那当然最好。要不然，只要穿得干干净净，整整齐齐，也比衣着随便的年轻人好看。

不过，现实问题，有一些钱是更好的。

有些年轻女子崇拜上年纪的男人有几点：

因为他们有父亲的形态，和有一些钱。

因为他们是一个有经验的爱人，和有一些钱。

因为他们不会要求你和他有一大群儿女，和有一些钱。

因为他们办事有极大的威信，和有一些钱。

因为他们有生活的情趣，和有一些钱。

因为他们懂得艺术，和有一些钱。

青年男子，即使有钱，亦无上述的条件，所以只能找找小明星，当什么公子。

从前年轻的时候，一桌子十二个人，我一坐下来，是我最小，但是现在同样一桌子十二个人，我坐下来，是我最大。从前和现在，不过像是昨天和今日，快得很，也没什么大不了的。不过很奇怪，当我是最年轻的时候，我已经想到有一天我是最老的，我好像早就有了心理准备，所以一点儿也不感到惊奇。

老花眼镜，我在三十岁那年已经戴了。当时看书一直感到吃力，到东京公干，朋友介绍我去找一个最出名的眼科医生，他检查了一下，就断定是远视，给我一张账单，是个天文数字。我抗议。那眼科医生笑笑，说：“这叫作聪明老花呀！”

结果付完钱舒舒服服地走出来。

这个故事中又悟出一个哲理：要老，也得老得聪明一点；要老，就老得快乐一点，被骗也不要紧的。

快乐的定义每一个人都不同，有些人只要半个伴侣就满足，但是要很多钱；有些人三餐公仔面就够，但是要很多钱；有些人只要去去卡拉OK就行，但是要很多钱。

刚才说过，有一些钱是更好，不过有钱要懂得怎么去花才是快乐，不然只是银行簿上多一个零和少一个零的问题罢了。

年轻人多数不懂得花钱，因为他们连经济基础也没打稳。上年纪的人也多数不懂得花钱，因为他们怕病了，怕更老了，钱不够花。

花钱是中年人、老年人第一个要学的课程，可以先从送东西开始。

送礼物的快乐不单是在得到礼物的人，送东西时候的快感，不单是用金钱衡量，更要花心思，更要时间算得准，更要送得“狠”。

最高的境界不在一样样的东西，而是送一个毕生忘不了的经验，就算这个经验是一年、一天或几个小时。

年轻人最多只是送送花和巧克力，那是最低的手段，偶尔他们也能送一个身家，爱上一个坏女人，什么都奉献。年纪大一点，当然不会做火山孝子。

最佳礼物是承诺。有经验的人说起人来会令对方很舒服，那么说一些有什么不好？

技巧在于很诚恳的态度，年轻人做不到，因为他们会脸红，上了年纪，脸皮较厚是件当然的事，因为他们失败得多了。到后来连自己也骗了，就把在年轻时候的种种不愉快的经验变为美好，成为事实，等于他们的人生经验了。最后，他们还能把这些经验写成文字，哄哄读者，读者高兴，他们自己赚稿费，何乐不为？

年轻人说：你们老了。

不，不，不，不，我们不会变得更老，我们只会变得更好。

放纵的哲学[①]

……

“享受人生的快乐，由牺牲一点点健康开始。”尊·休斯敦说。

这个人放纵地过活，但是八十多岁才死。所谓的牺牲一点点的健康，并非一个致命的代价。

大家都知道自由的可贵，但是大家都用“健康”这两个字来束缚自己。

看到举重的大只佬[②]，的确健康，不过这个做运动的人总不能老做下去。年龄一大，自然缓慢下来。到时他那坚硬的肌肉开始松懈，人就发胖。为了防止这些情形发生，他要不断地健身。试想看到一个七老八十的人全身还是那么一块块的肌肉，和隆胸的妇女有什么两样？

又有个朋友买了一栋有公共游泳池的公寓，天天游，结果患了风湿。

注重健康，说得难听一点，就是怕死。

烟不抽，酒不喝，什么大鱼大肉，一听到就摇头。

好，谁能担保不会有个人，二十多岁就患肺动脉高血压？哪一个人能够说自己绝对不会遇上空难、车祸、火灾、水灾和高

① 本文是作者表达的个人生活观点，不作为健康生活的科学依据。

② 大只佬：粤语词汇，形容身材强壮肌肉突出的男性。

空掷物？

想到这里，更是怕死。

怎么办？唯有求神拜佛了。

信仰是种药，来保持人类思想的健康。

思想的健康比肉体的健康更加重要。

一个人如果多旅行、多阅读、多经历人生的一切，就不当死是怎么一回事儿了，这个人在思想上绝对是健康的。

思想健康的人一定长寿，你看那些画家、书法家、作曲家，老的比短命的多。

当然，不单单是指做艺术工作的人，凡是思想健康的，不管他们的想法是好主意还是坏主意，都死不了。你没有看到中国的那几个抽烟的老人皇帝吗？

总认为人类身体上有一个自动的刹车器，有什么大毛病之前，一定先感到不舒服。如果你精神上健康，一不舒服就不干，便不会因为过度纵欲而病倒。

喝酒喝死的人，是精神不正常。像古龙一样的人，明明知道再喝就完蛋，但还是要喝下去，也许他认为自己是大侠，也可能是活够了，觉得这个世界没有什么事是新鲜了。

吃东西吃死的例子倒是不多。

什么胆固醇，从前哪里听过？还不是照样活下去。

也许有人会辩论说那是因为几十年前，社会还是困苦，人没有吃得那么好，所以不怕胆固醇过多。精神健康的人也不会和他们争执，你怕胆固醇，我不怕胆固醇就是了。近来已经有医学家研究出胆固醇也有好的胆固醇和坏的胆固醇。我们只要认为所有吃下去的东西都是好的胆固醇，不亦乐乎？那些怕胆固醇的人，失去尝试到好胆固醇的享受，笨蛋。

略为对暴食暴饮有节制，不是因为不想放纵，而是太肥太胖，毕竟是不美丽。

科学越发达，对人类的精神越是伤害，现在的医学报告已经达到污染的程度。

最近研究出喝牛奶对身体无益，打破了牛奶的神话。当然早就说吃咸鱼会致癌，好，就不吃咸鱼。又听到鸡蛋有太多的蛋白质，什么吃肉只能吃白肉而不吃红肉，等等，唉，大家不知道吃什么才好。

斋最有益、最安全、最健康了。吃斋，吃斋。

你以为呢？蔬菜上有农药，吃多了照样生癌！

医学家建议你吃水果之前洗得干干净净。心理上有毛病的人，把它们都洗烂了才够胆去吃。有些医生还离谱到叫你用洗洁精洗蔬菜和水果，体内积了洗洁精也患癌，洗洁精用什么其他精才能洗得掉？

已经证明维生素过多对身体不好。头痛丸有些含了毒素，某种药吃了会大脖子，镇静剂、安眠药更是不用说了，吃了之后和鸦片没有分别。

算了，吃中药最好，中药性温和，即使没有用也不会有害，人参燕窝比黄金更贵，大家拼命进补。但是有许多例子，是因为补过头，病后死不了，当植物人当了好几年还不肯断气。

植物人最难判断的是到底他们还有没有思想？如果有的话，那么他们一定在想，早知道这样，不如吃肥猪肉？吃到哽死算了。

肉体健康而思想不健康的人，就会出禁这个禁那个的馊主意。

这些人终究会失败，像美国禁酒失败一样。现在流行禁烟了。人类要有决定自己生死的自由，虽说二手烟能致命，但有多少例子可举？

烟、酒和性，不单带来肉体的享受，也带来精神上的享受，有了精神上的储蓄，做人才做得美满。

让你在身体上有个一百巴仙①的健康吧，让你活到一百岁吧，让你安安稳稳地坐在摇椅上，望向远处吧！但是脑袋一片空白，一点美好的回忆都没有，这不叫“健康”，这叫“惩罚”。

快点把那本劳什子的*Fit for Life*（《健康生活》）丢进纸篓去！

及时行乐

……

当斯坦利·库布里克在一九六八年拍《2001：太空漫游》时，我二十七岁。黑暗的戏院里，我在想：“要是到了二〇〇一年，我六十，将会是怎么样的一个世界？我会变成怎么样的一个人？”

就那么刹那间，我活过了二〇〇一，还到了二〇〇二。

丰子恺先生写过一篇叫《渐》的文章，说一切在一点一滴地进行着，我们不知不觉地由天真的小孩变成顽固的老头。我认为时间不是一步步走，而是跳着来的。

---

① 巴仙：东南亚一带的华人用语，意思是“百分之”或“%”，由英语的“percent”音译而来。

虽然说将来可能会有基因改造，人可以活到三百岁，但在写这篇文章的年代，未能实现。人类自始以来，还是多数以百岁为限，从前医药没那么发达，“人生七十古来稀”这句话，代表一生的短暂。《圣经旧约》中的人物几百岁，当然只是神话。

我们把这一生切开来，分婴儿、少年、青年、中年、老年几个阶段，也以生老病死来区别，都是必经的，但是我们总是怀念和沉湎于从前，这是拜赐于诗歌和戏剧，永远歌颂过去的是好的。

多美丽的青春，啊，像小鸟一样飞去不回来，我们得珍惜呀！珍惜！

年轻人，懂得珍惜吗？那是破坏的年代。珍惜个鬼！儿童的天真无邪。多可爱，多可爱！做小孩的时候，我们只懂得要糖吃，当今的，只懂得打游戏机吧。

进入社会，我们为生活奔波，以照顾下一代为借口，只会拼命挣钱，或者无奈地生存下去。

老了，“机器”逐渐坏了，我们生活在痛苦之中，更感叹青春的美妙。

一生人[①]就那么愚愚蠢蠢过去，值得吗？在黑夜里，大家反省，得不到一个答案。

从古迹的发现，我们有了几千年的文化，但我们还在迷惑：这一生怎么过？

既然有生老病死，我们必须接受，我们怎么不好好享受每一个阶段呢？

---

① 一生人：粤语，意为一辈子、一生。

童年和青春过得最快了，因为这是无知的年代。当今的教育制度和社会风气已毁灭了童年。小孩子一下子变成中年，年轻人变老。

像现在已经二三十岁了吧？也许四五十岁，或者六七十岁。看完这篇东西，睡觉之前想一想，你的悲哀多过你的快乐。人生，不是很有意义的。

怎么报仇？当然是及时行乐了。

老了，至少有点美好的回忆。而这个老，是一定来的，在死之前。

我们明知自己会死，为什么不去讨论？为什么不去笑它？有什么好避忌的？死，也要死得快乐，才对得起自己。怎么死才死得快乐？当然要在活的时候敢作敢为。

许多后悔，都是基于“不敢”。这个“不敢”害死了我们。什么叫作“敢”？敢和不敢，都是别人教你不可做这样，不可做那样，绝对不是自己坐下来就会的事，是别人加在你头上的所谓教育。勇气是一个抽象的名词，就像心痛，心痛只是想出来的，不想就不痛，不像人家斩你一刀，那才叫真正的痛。勇气是踏出来的第一步，敢与不敢是一念之差，你认为敢，就敢了。

年轻人最勇敢。他们的敢，基于无知。失败多了，就不敢。但是能屡败屡战，你就可以把青春留住。那么人就不会老了。

“不听老人言，吃亏在眼前”这句古话，是人老了，变成了狐狸的人说的。人学会保护自己，但已老，无可救药地老，老到没什么意思，老到要你和他一样没有意思地老。

勇于及时行乐吧！有好吃的，就吃。别相信什么胆固醇。宁愿信赖吃得过多，会生厌的。吃得过多，才有胆固醇。

能爱就爱吧！别暗恋了。喜欢对方，就向对方表明，总好过后悔一生。

学习新事物，如果你找不到爱的话，它能填满你人生中的空虚，成为一种学问，你也会从中找到爱。

有什么不满的，就努力，努力是必要的，努力之后达不到目的，心理也平衡。不然就懒吧，懒也是一种生活态度，只要你不要求过多的话。

保持一份真最要紧。这份真，是个宝藏，可以保护着你很多很多年，错了，就像小孩一样道歉好了，没什么大不了的。老了还是童言无忌，只有少数人学会这种特技。学不会的话，保持沉默。保持沉默，还是能够把这份真留下来。

有了真，疏狂就跟着诞生。大吃大喝，大笑大哭，旁若无人，又有谁管得着你？偶尔的疯狂，是真的营养。

这一生的道路，总要走到一个终结。回头想想，是不是都为了别人而活的？

自私吗？自私有什么不好？先爱自己，才会爱别人。

小时听父母，大一点听老师，再大听社会。够了，够了，不能再为别人而活了。早一天觉醒，早一天快乐。

什么？你觉得我说的都是胡言乱语？那么循规蹈矩活下去吧！你不快乐，别埋怨！

视死如归

……

每写完一篇文章，杂志社排好字，就传送给苏美璐作插图，今天收到她的电邮：

“读过你写的关于死亡的文字，这真有趣，最近我常发白日梦，想经营一个场所，让大家可以好好死去，和平死去，平平静静地死去。

“我一直希望可以帮助别人，让他们选择自己的死法。

“至于我自己，最好是在早上，吃完了我喜欢的煎蛋和烤面包，到外面散散步，回家用钢琴弹几首巴赫的音乐，坐在安乐椅上，喝杯茶和吃几块饼干，来些亲爱的朋友，用漂亮的安静的语气聊聊天，最后让我睡觉。

“我想他们会把我带到天堂，其他的，我才不管那么多。我就是想开那么一个让人安息的地方，我相信这种服务应该存在。

“朗，我的先生说，他最好在他钓鳟鱼的湖畔死去。我认为死亡是一种你能盼望的目的，如果你有选择的话。”

是的，为什么要怕死呢？

返家，是我们大家都期待的事。

今天，我已七十岁了。谈死亡，是恰当的时候。二十世纪七十年代，看《2001：太空漫游》，一再问自己，到底有没有机会乘火箭到另一个星球？或者到了那个时候，我还活不活在世上？我将会变成一个什么样子？

当今，离二〇〇一年，也多了十年。太空旅行没法子实现的了，人，倒是活了下来。

样子嘛，照照镜子，还见得人，至少上电视做节目，也没人抱怨。留了胡子，是因为母亲的逝世，二〇一一年的二月二十八日三周年忌，就可剃掉，到时看来是否会更老，不知道。

目前生活并不算健康，还是那么大鱼大肉。酒倒是喝少了，遇到好的，还是照饮不误。

还是那么忙碌，飞来飞去，但不觉辛苦。稿件已减少许多，每星期在日报上只写四篇，周刊写的这篇“一乐也”。另有一篇每星期一次的食评和一篇写世界上好酒店的，已占了不少空暇。也许接下来只能再减一点，等到能够把名酒店都聚集成书后，就停写。

每天睡眠有六个小时，已足够，如果能休息上七个钟头，那算饱满。迎接死亡时期来到，我要逐渐少睡，由六减到五、四、三。

像弘一法师一样到寺庙圆寂，是做不到了。第一，我怕蚊子；第二，没有空调是受不了的。

还是留在家吧，或者到一个美景地，召集好友，像《老豆坚过美利坚》[①]戏中的主角，一个个向亲友们拥抱告别。

上天堂或下地狱，我不相信有这回事，还是没有苏美璐那么幸福，不过和她一样，之后管他那么多干什么！

地点最好是在香港，如果有困难，还是去荷兰吧。那里思想开

---

① 《老豆坚过美利坚》：由雷米·吉拉德主演的法国电影，中国内地译名《野蛮入侵》。

通，又有一位我深交的医生朋友，他每次来港，我都大请宴客，荷兰人一向节俭，对东方人的招待大感恩惠，一直问有什么可以为我做到的。

虽然安乐死在荷兰大行其道，但是这位医生受过一点挫折，那是当丁雄泉先生不省人事后，子女把事情归咎在他身上，闹到差点儿上法庭。问题是他肯不肯再牵涉到我的事件去。

这也好办，事先由律师在场，先签一张一切与他无关的证明，他就能安心替我做这件事了。

遗嘱早就拟妥，应做的事都安排好，简单得很。

我这一生没有子女，在这个阶段，我也没有后悔过。小时听中国人的所谓“不孝有三，无后为大”的笑话，在我父母生前已解决了。

当年我向老人家说，姐姐两个儿子，哥哥一子一女，弟弟也是，有六个后人，不必再让我操劳吧？他们听了也点头默许。

人活在世上，亲情最难交代，一有了顾虑是没完没了的，我能侥幸避过这关，应感谢上苍。人各有志，喜欢养儿弄孙的，我没异议，只要不发生在我身上就是。

没有遗憾吗？太多了，不可一一枚举，但想这些干什么？我一直主张人活得越简单越好，情感的处理也缩短，像计算机原理的正和负计算最妙。不只是身外物，身外感情，是个高境界，我是能够享受到的。

很高兴在世上得到诸多好友和老师的帮助，今人古人，都是教导我怎么走这段路的恩人。

最要感谢的是倪匡兄，我向他学习了什么叫看开，他是一位最反对世俗的高人，斩断不必要的情感，尽量做些自己最想做的事，都要归功于他。

但我毕竟是一个凡人，所以头发越来越白，反观倪匡仁兄，满头乌丝，虽然他自嘲不用脑了，所以没有白发，但我知道，是想开了，所以没有白发，所以能够做到视死如归。

笑看往生

……

香港单身女性飙升，三个女人一个独身。

报纸上的大标题。

这我一点儿兴趣也没有，不嫁嘛，又不会死人。

会死人的是接着报道的香港人口持续老化。六十五岁以上的港人，将由二〇〇九年约十三个巴仙，增至二〇三九年的二十八个巴仙。四分之一以上的人口是老人。

死亡人数按比例，会增加到每年八万零七百个。

那么多人离去，不关你事吗？那是迟早的问题，我们总得走。但是怎么一个走法？没有人敢去提起。中国人，对死的禁忌，是根深蒂固的。

避得些什么呢？反正要来，总得准备一下吧，尤其是我们这群被青年人认为是七老八十的人，虽然，我们的心境比他们还年轻。

勇敢面对吧。死，也要死得有尊严；死，也要死得美丽。

轮得到你决定吗？有人问。

的确如此。但是，凡事都得有计划，现在开始讨论，也是乐事。

首先，对死下一个定义：“死不是人生的终结，是生涯的一个完成。”

我们要怎么在落幕前，向大家鞠个躬退去呢？最好是照着自己的意思去做，需要一点知识和准备。

最有勇气的死，就是视死如归，说到这个“归”字，当然是回到家里去死才安乐。

但事不如愿，根据一项调查，最后因病死在医院里的人还是占大多数。

为什么要在医院？当然想延长寿命呀！但是已到了尾声，延来干个屁！决定自己什么时候走，不是更好吗？

家人一定反对，反对个屁！不说粗口都不行，我的命不是你的命，你们有什么权力来反对？

友人牟敦沛说过：“我一生做的最后悔的事，就是反对医生替我爸爸终结生命。”

这句话，家人一定要深深反省。

尤其是对患了末期癌症的人，受那不堪的痛苦折磨，家人还不许医生打麻醉针，说什么会中毒，反正要死了，还怕什么中不中毒？

如果你问十个人，相信有九个是不想在医院死的，但他们还留在医院，某方面也顾虑到家人的感受，不想给大家增加麻烦，但绝对不是自己所要的。

我劝这种人不必想太多，要在家里终老就在家里终老，反正这个家是你的家，你想怎么样做，也没人可以反对，而且可以省掉他们整天跑到医院来看你的麻烦。

虽然说医院有种种设施，但那是救命用的，你不想救，最新、最贵的仪器又有什么用？

在家静养，请个护士，所花的钱也不会比住病房贵呀。找个相熟的医生，请他替你开止痛药、医疗麻醉品，等等，教教家人怎么定时服食和打针，也不是什么难事。

但是孤单老人又怎么办？有一条件，就是得花钱。反正是带不走的，这个时候不花，等什么时候花？护士还是要请的，这笔钱，要在能赚时存下来，所以说死，也得准备，千万不能等。

香港人多数有点储蓄，买些保险留给后人，大家想起老人早走，也可以省下一点，也就让你花吧。

最坏的打算，已安排好。万一侥幸能够活到油枯灯灭，那就最为幸福，我母亲就是那样走的。也许，可以像弘一法师一样，回到寺庙，逐渐断食，走前写了“悲欣交集”四字后，一笑归西。

葬礼可以免了，让人一起悲哀，何必呢？死人脸更别化妆给人看，那些钱，死前花吧。开一个大派对，请大家吃一顿好的，有什么好话当面听听，才是过瘾，派对完毕，就跟着谢幕好了。

男之纹章

在巴黎，走过一个报纸杂志摊，看见一位知名男演员的封面，大特写。

灯光由下面打，强调他脸上的皱纹。这幅像甚有震撼力，表现出这个人物的自信，以及他丰富的人生经历，拍得实在太好。

反观东方的明星，拼命遮住老化的现象，染了一头黑发，不，当今应该说棕发、金发或红发吧。请摄影师在镜头上加个细纹的滤色镜，称“加纱”，拍得像只幽魂。真可怜。

生老病死四个阶段，是人类最公平的事。老就老嘛，肌肉下垂又如何？你的爸爸妈妈不会老吗？你自己呢？

到了做父母的年龄，还要扮成愤怒青年，或思春少女，问题就来了。

日本人称男人脸上的皱纹为“男之纹章”。前面两个字大家都懂，纹章，则有战绩和成就的意思。和服中的带子，也绑在肚脐之下，突出那个微微拱起的肚腩，也是男之纹章。没肚皮的年轻人，还要在腹中藏一两本书，看起来才像样。

不过一种米养百种人，整容也是日本人发明的。双眼皮、弄高鼻子已不在话下，隆胸、抽肚脂、从额头刮一刀，把皮拉上也是平常手术，还有修补处女膜的呢。

为了防老做这种事，当然是做来给别人看的，但年纪一大，表现的是你的个性、你的才华、你处理年龄的方式，是做来给自己看的，也给别人感觉得到，才是办法。

秃头是救不了的，染发倒很值得同情。一顶灰发可以接受。完全白掉，不加整理，又毫无油脂，就有个脏相。人老不要紧，千万别脏，衣着是否名牌不重要，干净就是。

头发一染，每天得染，要不然发根处出现一截白的就很滑稽。建议他们吃首乌膏去，能逐渐变黑。我没试过，听说而已。

你会后悔什么？

比利时一家杂志，对全国六十岁以上的人做了一次问卷调查，问题是：“你最后悔的是什么？”结果是：

一、七十五巴仙的人后悔年轻时不够努力，以致事业无成。当今生活困苦，都是当年的错。

二、七十巴仙的人后悔年轻时选错职业，他们当年的观念是“钱多事少，离家近”，结果没发挥自己的潜力。

三、六十二巴仙的人后悔对子女的教育不够或方法不当，多年后才发现应该不听别人的，按照自己的经验和模式去教他们才对。

四、五十七巴仙的人后悔没有好好珍惜自己的伴侣，现在离婚，才知道原来的先生或太太，都很好。

五、四十九巴仙的人后悔锻炼身体不足，老来百病丛生。

你呢？年纪大的人是不是有同样的后悔？

还有你呢？你还年轻，这些话你是听不进去的。

我认为这种问卷都是多余，阿妈是女人[①]。我们一早就知道“少壮不努力，老大徒伤悲”这句老话，但是当年充满活力的你我，都认为我们有大把时间去尝试，浪费光阴并不是什么大不了的事。

---

① 阿妈是女人：粤语中的一句歇后语，阿妈是女人，不用讲都知道。形容显而易见的事。

一切都是命，当今的科学证明是遗传基因决定。你的个性是懒的，花一百年时间也不会让你勤奋起来。后悔选错职业也是命，冥冥中的安排改变不了。对子女的教育是你给他们的遗传，好种教不坏，坏种教不好。你珍惜伴侣？是看你的伴侣值不值得你珍惜。运动不够？那是连我这个努力的人也学不会的。

后悔我们一定有，烦恼出自我们的贪婪。两者兼得，就产生后悔和痛苦。A君或B君，要哪一个？烦恼即来。选其中一个，不后悔就是。一切灾殃化为尘，阿弥陀佛！

理想的大学生活

……

邵爵士的秘书莉萨来电，说岭南大学学生有联欢会，要我出席。

我一向对这些活动加以拒绝，想不出有什么理由要去。

“我儿子是这个活动的组织人之一。”莉萨说。

见她时才是个小女生，年纪和那些大学生一样吧，怎么已有位公子念大学了？日子过得真快。

驱车到黄金海岸酒店内的大宴会厅，教授、助教、讲师、舍监和学生们挤满一堂，都很年轻。宴会由学生们自己组织，校方不插手。

酒会上和大家交谈，文科学生居多，其中也有念工商管理的，也将它归入文科之中吧。

晚宴开始，导师们向大家说话之后，忽然要我上台演讲，我还以为自己是来吃吃喝喝的，没有准备，只有硬着头皮上阵。

诸位好。

能够念大学，是件很幸福的事。

这四年，是你们人生中最快乐的日子，一定要好好珍惜。一过了，你们就要踏入社会。那时候，你们已经不再年轻，而一下子变成中年人或者老头一个了。

为什么这么说？出来工作以后，你们便会发现很难交上朋友，因为利害关系较多。受了伤害之后，你们便学会保护自己。那么，人与人之间的隔膜，就愈来愈深。

处处保护自己之后，人就变得老成。我和许多这类人交谈过，他们年纪虽然很轻，但是每一句话都像老人一样地来教训我。

我和他们有代沟。

我比他们更年轻。

做人，最重要的是保持一份真，失去了，就是老头子一个。

只有在大学里，你们才能交上几个知己，这是很重要的。今后出到社会，你会发现只剩下这一堆人可以说真心话，大家会互相帮助，组织成一个很强的圈子，这是你们最好的人脉关系，你们的根。

同学与同学之间应该多对话，辩论到深夜或通宵，强烈坚持自己的观点，不必受到大人的束缚。这是多么美好的日子！

也许是这个原因，八十多岁的金庸先生也回到剑桥去念书吧？我曾经去探望过他老人家。清早，我雇了一只船，请美女当船夫，游览剑桥的河流，看到宿醉的大学生，不管三七二十一跳进河里游泳，那种狂放，是多么令人羡慕！

我发现你们学校周围很少有酒吧。大家都很乖，很听话，不做任何越轨的事。

这也许不是各位的错，香港的整个社会风气，还是保守的。我鼓励大家，多做一些疯狂的傻事，来抗议你们的愤怒和不满。能喝酒的就喝酒。

放假时，请别躲在宿舍里，多去旅行。当今出国，费用已是历史以来最低的，事前做做钟点工，也一定可以储蓄一笔钱去玩。

别看巴黎铁塔、泰姬陵那些名胜，多到国外的大学去参观，了解人家大学生的生活，借鉴的地方，你们会发现是很多的。

理科的学生，才要死读书，像学医，不记得细节，是会医死人的。但是念文科的，课本并没有用，找你有兴趣的书来看好了，交与你合得来的朋友。

很乖，很听话，那么你们念的不是大学，而是中学的延长。你们不是大学生，是中学生。

文凭也没什么用，出来做事，全靠努力。你们一努力，抢着工作来做，上司都会爱死你们，那么你们一定会出人头地。一成功，别人不会研究你毕了业没有，只会说："哦，他是岭南大学出身的。"

大家都说："你们看，香港的富豪，有几个是大学毕业的？"

话虽那么说，这四年之中，不管你们有没有文凭，念了大学，就有一种特有的气质。而这种气质，你们会发觉，在富豪身上找不到。

大学是用来发挥你们潜能的，要是做社会上既有的事，那么让你们来念大学干什么？

看到不平，你们要反抗，别做乖乖的羔羊。传统由你们来破坏，要是你们能够找出更完美的方法。享受你们的自由奔放，珍惜每一刻，千万不要浪费在被窝里。

刚才，我在外面，有位同学问我说："你一直强调交朋友，但是如果遭到对方拒绝，不是很难为情的吗?"

我要告诉大家，要是你喜欢一个人，就勇敢去表示好了，暗恋是最没有用的。暗恋了老半天，人家当你不存在。一百年后，你也不存在。被对方拒绝的情形当然会发生，但是有一半的机会，你会成功。我不断地强调：做，机会五十五十；不做，机会是零。看到一个美女，不去和她说话，她永远在你生命中消失了。而且，被拒绝多了，脸皮就厚，脸皮一厚，就多做，多做，一定成功。

附近有家711便利店，去买个避孕套吧。

祝大家有个愉快的晚上。谢谢。

自由自在，才是幸福

……

什么叫幸福?

出入不必用保镖。自由自在，大牌档蹲下来就吃，有谁管你，才是幸福。

当今的富豪怕被绑架，都要雇用保镖。有什么好人选？当然是啹喀兵了。英国人一走，把他们抛弃，当然不能眼睁睁饿死，既然已受过训练，当保安工作是唯一出路。

啹喀兵的确可靠，老一辈的在马来亚森林追马共，不眠不休。对方至少要停下来吃饭，但啹喀兵一面行军一面啃面包，最后还是要把他们找到。

我曾经有过一个构想，拍一部喏喀兵的电影，一个不想再杀人的小卒，被他的同僚追杀。怎么打，怎么设下陷阱，怎么反击，等等，都是好材料。

时下的喏喀兵，有没有他们前辈那么英勇，我不知道。但他们一穿上西装打上领带，已失去一半威风。

应该不在乎这些，让身边的人穿得好一点，能花多少？不着西装，穿设计家的制服，像德国军官那种，歹徒看了也不寒而栗。

很久之前，在大机构做事的时候，也见过港督的保镖，长得像公子哥儿，斯斯文文，一身阿玛尼西装。天气一热，在休息时脱下西装，露出腋下的枪套，原来还是丝绸做的。不知道有没有服装津贴？但那么英俊潇洒，就算贪点小污也不讨厌。

如果我有一天也成为富豪（那是永远不可能发生的事），也会请保镖。

这时请几个身高六呎，模特儿般身材的美女特警，出门一面左拥右抱，一面受温柔的保护，这才是有钱懂得花。

等以后再笑，不如马上笑

……

减少压力，简称“减压”。

压力的敌对头，是好玩，什么东西都把它变成好玩，压力自然减少。

“说得容易”，你说，“做起来难。”

这话也对，但是如果不做，永远没有改变。我不知道说过多少次：做，机会是五十对五十；不做，等于零。

比方说看到一个漂亮的女人，你和她谈话，她可能不睬你，五十巴仙失败；或者她应了你一句，成功机会也是五十巴仙。眼巴巴地看她走过，一句话也不敢讲，那永远只是走过，你咒骂自己三千回，也没用。好，开始做吧。

从何做起呢？

我们一生之中，经过无数的风波，起起伏伏，但现在还不是好好地活着吗？昨日的压力，已是今天的笑话了。

举例来说，我们担忧暑假家庭作业没有做好，死了，死了，一定给老师骂死。好，骂了几句，没有死。

我们担忧考试不合格，死了，死了，一定给家长骂死。好，骂了几句，也没死。

初恋时，非对方不娶不嫁，但有多少个人成功呢？爱得要死要活，失败之后，现在还不是好端端地活着吗？现在想起来不是好笑吗？

到社会上做事，一时疏忽，做错了，死了，死了，一定会被炒鱿鱼。忽然，柳暗花明又一村，上司根本忘记有这么一回事儿，或者轻轻讲了几句算了，当时的压力，不是多余的吗？

那么多的风浪都经过。目前谈起来，还摇摇头，说一句：“当时真傻。”

好了，既然知道当时傻，那为什么不现在学精一点？目前所受压力，也一定会过去的。“人，只要生存下去，总会过的。”你也开始明白地向自己说，“过了就变成好笑。”

好，等以后再笑，不如马上笑。

想那么多干什么？忘了它吧。

不过，一般人还没学到家。说忘，哪里那么容易？回头一转，那恐怖的压力又来干扰你。

我们最好能够用幻想的手把一切烦恼事搓成一团，扔进一个保险箱里面。锁一锁，再把锁匙丢到海里，看着它沉下去。

但是，但是，又回来了。

今早被人家扒钱包，扒掉三千块，拼命想忘，但一下子那不愉快的感觉又回来了。昨夜被爱人遗弃，拼命想忘，但那痛苦还是缠绕着你。

过，一定会过去，你开始那么想，你开始去做，机会是五十对五十。记得吗？

佛家所说："境由心生。"

一切，都是你想出来的。你想好，就好；想坏，就坏。不相信吗，多举一个例。

八号风球台风，一个人在街上走，忽然间从天上掉下一块瓦片，打中前额，流血了。

啊！我为什么那么背？为什么这块瓦片不掉在别人头上，偏偏是打中了我？啊！我真倒霉！这是一种想法。

八号风球台风，同一个人在街上走，忽然间从天上掉下同一块瓦片，同样打中了前额，同样流血了。

啊！我真幸运！要是这块瓦片略为偏差，打中了脑中央，我不是死定了吗？啊！我真幸福！这也是一种想法。

要选哪一种，不必我告诉你，你也应该知道。

"这是阿Q精神！"你说，"自己骗自己。"

阿Q精神有什么不好？阿Q精神万岁！往好处想，人生观会变豁达，别给鲁迅骗去。鲁迅满肚子牢骚，别听他的，听了之后就会变得和他一样愤世嫉俗，钻牛角尖去了。

生老病死，为必经过程。

既然知道有这么四件事，还不快点去玩？

玩，不需要有什么条件，看蚂蚁搬家也可以看个老半天。养条便宜金鱼、种盆不值钱的花，都可以玩个够。

虽说生命是脆弱的，但一个长者曾经告诉我，他被日本人关在牢里，整整八天，不给饭吃不给水喝，也没死掉。看周围，活到七八十岁的人渐多，要是你是例外，那也就认命吧。自己是少数分子之一，要有我们这种人，大多数的别人才会活老一点。不如这么去想。

为赋新词强说愁，那是年轻人的愚蠢，我们哪会有那么多空闲去记愁？记点开心的吧。

为了避免成为不幸的少数，那么珍惜每一刻应得的享受，把人生充分地活足。有了万一，也已够本。

压力来自别人管你。有人管，做错了事，便有压力。所以必须力争上游，尽量减少管你的人。我从小被家长管、被老师管，长大后被上司管，那就要拼命地出人头地，把上司一个个消灭，那么压力自然而然会减少。

过年

……

农历新年，在日本度过，成了习惯。

不是廖先生夫妇提起，我还不觉时光的消逝。他们一对，也每年与我同行。

“你们就好，”有些友人说，“去日本避年，红包利是就不必给了。”

也不然，每次出发前都已派好，有的等着回来后，还是照给。

这么多年，加起来，也不是一个小数目。我们又没子女，不可以抱去向别人讨回，是种亏本生意。

本来在老友徐胜鹤女儿满月时，想借来向人家“报仇”，讨回几封红包，但做不出。现在，他女儿徐燕华已长大、嫁人，日前生下的儿子也已满月，看样子，只可打老徐孙子的主意了。

日本人不庆祝农历年，在这里过像平常日子一样，好在有一团香港来的人在一起，互相祝贺，说声恭喜发财，也有点气氛。

炮仗声是听不到了，只有澳门还有指定的地方放烟花。小时种种过年的视觉、声响和口味记忆，都逐渐消失，过不过年，其实也无所谓了，但像写文章一样，总有一个段落。

一段一段加起来，最后一篇东西完成。好与坏，不是自己判断了。

家母已九十五，不能作陪，较为惭愧，但我从小离家，这个儿子过年不在身旁，已经不是老母亲很在意的事。

团友较为幸福，能把母亲也请来一起旅行，老人家也都行动不便，要坐轮椅。其中一位在外国买了一架可以折叠的，非常方便，我和几名导游都乐意帮团友们推车，当成自己亲娘，送点孝意。

没下一代，我一直不后悔。将养育儿女的钱拿来吃吃喝喝，可以吃喝很久，把人家女儿当契女[①]，她们生的当契孙。新年快乐。

不知道，这个世界才有趣

……

天下最无聊的，莫过于早知道这三个字。

“早知道房地产会涨得那么厉害，怎么借怎么偷，也要买一间小的。”说完后，好像已经损失了好几十万，一脸无奈，一腔委屈。

“早知道这幅字那么便宜，一看就要买了，你看现在的价钱，怎么买得了？”说完一副怪自己眼光不够高，走宝[②]了的表情。

“早知道这尾鱼会绝种，为什么当年不吃一个饱？”说完露出万分的馋相。

“早知道现在挤满游客，当初没有多少人想去，为什么不趁早走一走？”说完千般恨不消。

“早知道多读几年书，不至于现在找不到工作做。”说完后悔

① 契女：粤语词汇，指义女、干女儿。

② 走宝：粤语词汇，指看走眼或错失宝贝的意思。

不已。

“早知道这只股票会升到现在这么疯狂，为什么不买它几手?”说完好像当今已倾家荡产。

“早知道这个女人那么坏，当初就不应该娶她做老婆。”唉，真是悲剧!

早知道，早知道，你不是神仙，你又不能去到未来，你怎么可能早知道？我一听到说的人唉声叹气，即刻逃之夭夭，和这种人聊下去，会把自己的精力吸走。

广东有句谚语说得最好，他们说：“有早知，冇乞儿!”

乞儿，就是乞丐。而那个“冇”字，中间少了两画，有就变成没有了。

怨叹来干什么呢？不如珍惜当今拥有的。

是的，我们人生，要做多少傻事才变得精明？我们要做多少错误的决定，才看得开，但是人总一次又一次地重复自己的过失，永远学不会怎么开解自己。

消极的做法，就是求神拜佛了。以为有了佛偈就能解脱；以为祷告，上苍就会来帮助你。没用的，没用的。

为什么我们忘记了基本呢？一开始，家长和老师都会告诉我们努力呀。

当今的孩子，早都知道大了以后，父母会把房子留给我们，买来干什么？买来干嘛？人生的斗志，在他们这一代就消失了。

这也怪父母的不好，留给他们的只是钱，教育他们的也是怎么赚钱，而不是引导他们有独立的思想。

社会的富强，导致这种现象的发生，这是必然的呀，有些人会这么说。

这不是没有救的吗？不，不，当年的美国，也是这样，但是有些家长还是鼓励儿童有独立思想，让他们知道再这么下去不是办法，所以产生了“花童”嬉皮士。守旧的大人以为这是一群不学无术的青年，这些人，会把整个社会破坏。

历史告诉我们这完全是错误的，嬉皮士的行为是一种反抗，是争取独立的思想。他们虽然有大人看不懂的行为，但是他们读书，他们旅行，他们从各种生活方式中学习，找到自己认为最适合他们的道路去走。

这种独立思想引导着整个世界进步，今后的社会才会产生像乔布斯这样的人，他们上班可以穿牛仔裤，不必西装领带，他们留胡子不剃，他们知“有早知，冇乞儿”这种事，他们求进步，他们求自己生存，不靠别人。

这才是嬉皮士的正面，混乱只不过是一种过程，不影响到他们独立的思考。

那么，我们得让我们的小孩也学他们去胡搞吗？绝对不是的。物极必反，嬉皮士的儿子女儿穿得光鲜，他们看不惯父母褴褛的牛仔裤。他们行为检点，集体性爱变成集体行为才有安全感，所以他们一块儿躲进星巴克咖啡店去，从嬉皮士变成雅皮士，但这一切，都要拜赐于独立思考。

再下来怎么变呢？有了计算机以后雅皮士的儿子发现，连集体喝咖啡行为也变成了一兰拉面，大家只要有一个小格子，就能生存下去，社会并不需要大家一块儿去走的。

这一切，都不是人类能够预料的，所以“有早知”这三个字已经落伍，我们为什么还要后悔我们做的错误决定呢？不如交给计算机去选择吧！

有了计算机，我们不需要一间房子，斗室就够了，房地产怎么涨不关这些人的事。有了计算机，字画的欣赏变成一些老古董的玩意儿。

有了计算机，只要一个汉堡包充饥，有了计算机，什么风景都能在其中看得到，有了计算机，比什么老师都厉害，有了计算机，什么情色游戏都能满足自己，还要娶老婆和嫁人吗？

独立思考的种子一旦种了下来，大众再怎么往什么方向去走，也总会有些与众不同的人产生。而今后，只有靠这些人去创造另一个新的局面，不必靠早知道的。

不知道，这个世界才有趣。

第三章

做人的品格

做人，总会出错。当今用铅笔是提醒自己，错了就用橡皮擦擦掉算了，重新来过，没什么大不了的。

男人

……

什么叫一个男人？

基本上，他要守时、有礼貌、重诺言。这是我第一个问父亲的问题，他那么回答我。从此，我这样做了数十年，非常辛苦，尽量不去违反父亲的教导，虽然说不合时宜，但做一个不合时宜的人，是很过瘾的，这只有自己知道，旁人不会了解。

骗人算不算坏事？

不伤害对方的谎言，大说可也。骗人需要技巧，不容易学到，还是别去尝试，不然一下子就被人拆穿。学习一种叫“保留事实”的方法吧。不告诉你，是最强的武器！

侠义呢？

路见不平，拔刀相助，那是有功夫底子才行。赔上命不是办法，打电话报警吧。

仁义呢？

听江湖大佬的话，人先死。谈不到做不做一个男人。

节俭成性呢？

孤寒[①]的男人，永远是一个最低级的男人。对别人慷慨，对自

---

① 孤寒：粤语词，指小气、不大方、吝啬。

己刻薄，是可以接受的。别人骂你傻，你心中高兴就是。

和男人的友谊呢？

友谊是永远存在的。和自己的知识水平不能相差太远。小学中学时的友谊会随思想的成熟而变化，不能死守，但虽疏远，还是怀念，仍然关心。

和女人的友谊呢？

很难，但也有。

要不要做成一个大男人？

大男人从保护女人开始。有太太赚钱丈夫花亦无妨的胸襟，才叫大男人。

别做让人讨厌的男人

……

有些女人常骂男人，但骂得不够深入。其实批评雄性动物，应该由同类自我检讨。

女人有好有坏，当然男人也一样，而且坏的例子居多，先从面相开始。

我很丑，但我很温柔。这句话只是唱唱歌儿，大部分的丑人，多是坏人，感情也不纤细。好男人一定有好看过的时期，坏男人从头丑到底。补救样子丑，唯一的办法，是态度谦虚，以勤补拙。或者，在事业上有所成就，日子一久，越看越顺眼，样子便能被接受了。可惜大多数丑男人和同种的女人一样，多作怪。

美男子的毛病更不可胜数。自我中心、轻浮、不学无术，坏起来比丑男人更厉害，可以接受他们，只因扮相尚佳。看看好了，千万别接近。

绝对能够看得通透，而且绝对骗不了别人的是男人的眼神。

眼珠游浮和跳动不停的男人，不管长什么样子，请马上回避，逃得越远越好。他们的眼神已经告诉了你：我怎么从你身上得到好处；我怎么害你；我怎么把你吃掉之后，骨头也不吐出来。

经过恐怖政治的男人，有一个共同点，那就是他们常看对方的脸色说话。这种人在从前的南斯拉夫和波兰见得多。他们眼溜溜的，大人物说些什么，即刻想出一句话，兜个老半天来赞同。见到可以欺负的，又眼溜溜的，转个圈子去讥讽。他们又在言语之中搀杂了自我表扬，踩低别人。这种人最可怜，他们为了生存，养成这个习惯，回到开明的社会，还是更改不了。仔细观察，你周围有许多这种人。

当然个性是有关系的，有些男人哪管什么狗屁政治，他们乐天豁达，勤力做事，人生充满阳光，可爱到极点，不过毕竟属于少数。

眼神稳定，正正经经做人的，也不是好惹。他们多数是英语形容的square——方形男人。方形男人最大的罪恶是没有情趣。

谈他的缺点，实在数之不尽：吃同样的东西，三百六十五天，任何事不变不要紧。穿来穿去，都是那几件相同款式和颜色的衣服。不苟言笑、不看爱情小说、不看电影、不玩电子游戏机。是的，他们有权利做这些选择，但他们要阻止别人来选择，而且此类男人常带一些看不起别人的眼光，已显出自己的弱点。

最恐怖的是这种男人，做起爱来也只限于传教士体位，一贯始终。上帝原谅他们吧。

自作聪明的蠢男人，也是受不了的。

一谈到周星驰，他们马上说：“我有一个同学，是他司机的老友。”

咦？那是已经拉上亲戚关系了吗？

“我们当秘书的，工作真烦，有时连老板女朋友的琐碎事都要处理。”你说。

他们连做秘书也会指导你说：“那也是做秘书的本分，做秘书嘛，就是要保密，才称得上是秘书……”

对付这种人，最好是即刻打断他们的话：“我从来没有教过你做生意，请你别教我怎么当秘书。”

喜欢重复的男人也很讨厌，他们一生无趣，忽然讲一个笑话，你客气地干笑几声，他们以为已经得到赞赏，把那个笑话讲够五次才过瘾。这种苦头是不容易吃的，可以不必太过有礼，当他们是透明，一点儿反应也没有最好。

可恶到极点的是爱拍人肩膀或大腿的男人，他们讲一句话之后便要碰你一下才甘心。这种人的言语一定不能与别人沟通，非得用身体的一部分与别人接触一下不可。若遇到此类的长辈或者上司，最好一看到对面有空位，即刻起身上洗手间，转个头就回来，把那个座位霸占，离开他们越远越好，要是他们给脸不要脸的话，还追着问：“你为什么要避开我？是不是不喜欢我拍你？”

那么，你尽管直言：“如果您年轻一点，好看一点，我怎么会避开？让您拍还来不及呢。”

有些小动作、小言语可反映男人的自大与阴险，那就是喜欢用“嘎”“哈”等字眼夹在言论之间的人。他们以为用了“嘎”“哈”

就是权力，就是教小学生，就是威信。香港不少小人物也学了这一招，那更是要命了。

不过，话说回来，做朋友的道理，是由原谅对方开始。

对付无聊的男人，不瞅不睬，最为上策。年轻时忍不住，回答一句也无妨，但骂对方显出自己幼稚，带一点点的幽默感较佳。比方说讨厌的男人问："你可以把家里的地址告诉我吗？"

你尽管笑笑："告诉了你，我又得搬家了。"

机上礼貌

……

乘飞机，应该有机上礼貌。别人怎样做，我不去管它，但自己总得遵守。

第一，坐在位子上，扶手部分绝对不侵犯到邻椅的范围。要是中间有条很窄的扶手，只占一半，永远避免过界。

第二，进出座位时，绝对不要把前面的椅背拉住。最讨厌人家把我的椅背一扯，有时连头发也给他拉个正着。

第三，绝对不要把膝头哥[①]顶着前面座位，这是令人反感的行为。椅背原来是那么单薄的，给人顶住，等于顶住中气。

第四，选窗口位坐，出入时跨过邻座，或者等他也去洗手间

① 膝头哥：膝盖的意思。"膝头哥"的"哥"其实应为"髁"，由于"髁"和"哥"的粤语发音相近，所以粤语中习惯把"膝头髁"称为"膝头哥"。

时，跟着出入，尽量不要“对不起、对不起”地骚扰别人，烦自己。

第五，用完洗手间，一定把洗脸盆擦个干干净净，尊重下一个使用者。

第六，除了必须，绝对别用洗手间内的东西，如牙刷、剃须刀、梳子等。这些基本器具，善于旅行的人必然懂得自己携带。

第七，尽量不麻烦空中小姐，“七四七”那么大的飞机，她们已忙得要命了，学会怜惜她们吧。要酒时多来两小樽好了。苏打水或可乐，一要就要整罐，别让她们分开倒在小玻璃杯里，走多几趟。

第八，枕头和被单，入座之前看有没有安排。看不见即自取，别在途中要求。用完的被单，折叠好归还，这不只是礼貌问题，它能显出你爱整齐干净的习惯。

第九，偷机中餐食的餐具是最无耻的行为，拿回家用，给客人看到飞机公司唛头①，也不是很光彩的事，此物没多少钱，自己买好了。

第十，旁边坐着一个很讨厌的八婆，和你聊几句，也要客气地回她，然后看她一转头即刻假装睡去，便不会再受干扰。要是她还那么无止境地七嘴八舌，叫她住口，也是礼貌。

---

① 唛头：英文mark的音译词汇，商标的意思。

人可貌相

……

人活到老了，就学会看人了。

看人是一种本事，是累积下来的经验，错不了的。

古人说：人不可貌相。我却说：人绝对可以貌相，我是一个绝对以貌取人的人。

相貌也不单是外表，是配合了眼神和谈吐，以及许多小动作而成。这一来，看人更加准确。

獐头鼠目的人，好不到哪里去，和你谈话时偷偷瞄你一眼，心里不知打什么坏主意，这些人要避开，愈远愈好。

大老板身边有一群人，嬉皮笑脸地拍马屁，这些人的知识不会高到哪里去。虽然说要保住饭碗，也不必做到这种地步，能当得上老板的人，还不都是聪明人？他们心中有数，对这群来讨好自己的，虽不讨厌，但是心中不信任，是必然的事。

说教式地把一件不愉快的事重复又重复，是生活刻板的人，消极的人，这种人尽量少和他们交谈，要不然你的精力会被他们吸光。

年轻时不懂，遇到上述这些人就马上和他们对抗，给他们脸色看，誓不两立，结果是给他们害惨。现在学会对付，笑脸迎之，或当透明，望到他们背后的东西，但心中还是一百个看不起。

美丑不是一个很大的关键。

我遇到很多美女，和她们谈上一个小时，即刻知道她们的妈妈喜欢些什么，用什么化妆品，爱驾什么车。她们的一生，好像都浓缩在这短短的一小时内，再聊下去，也没有什么话题。当然，在某些情形之下，你不需要很多话题。

丑人多作怪是不可以原谅的。几乎所有的八婆都是这一个典型。和她们为伍，自己总会变成一个，一字曰“八”，总之总之，碰不得也。

愁眉深锁的女人，说什么也讨不到她们的欢心，不管多美，也极为危险，这些人多数有自杀倾向，最怕是有这个念头时，拉你一块走。

这种女人我只会敬而远之。现实生活中也会遇到的，像林黛和乐蒂等人，都是遗传基因使她们不快乐。

大笑姑婆很好，她们少了一条筋，忧愁一下子忘记，很可爱的。

爱吃东西的人，多数不是什么坏人。他们拼命追求美食，没有时间去害人，大笑姑婆兼馋嘴，是完美的结合，这种女人多多益善。

样子普通，但有一股灵气的女人，最值得爱。什么叫有灵气？看她们的眼睛就知道，你一说话，她们的口还没有张开之前，眼睛已动，眼睛告诉你她们赞不赞成。即使她们不同意你的看法，也不会和你争辩，因为她们知道，世界上要有各种意见，才有趣。

我们以前选新人，二十世纪六七十年代中一部片就是上千个，有谁能当上女主角，全靠她们的一对眼睛，有的长得很美，但双眼呆滞，没有焦点，这种女人怎么教都教不会演一个小角色。

有些自命不凡、高姿态出场的女强人最令人讨厌——她当身边的人都是白痴，只有自己一个才是最精的。这种女人不管美丑，多数男人都不会去碰她们。从她们脸上可以看出荷尔蒙的失调。

“我还很年轻，要怎么样才能学会看人？”小朋友常这么问我。

要学会看人，先学会看自己。

本人一定要保存一份天真。

像婴儿一样，瞪着眼睛看人，最直接了。

沉默最好，学习过程之中，牢牢记住就是，不要发表任何意见，否则即刻露出自己无知的马脚。

注视对方的眼睛，当他们避开你的视线时，毛病就看得出来了。

也不是绝对地不出声。将学到的和一位你信得过的长辈商讨，问他们自己的看法对与不对。长辈的说法你不一定赞同，可以追问，但不能反驳，否则人家嫌你烦，就不教你了。

慢慢地，你就学会看人了，之中你一定会受到种种的创伤，当成交学费，不必自怨自艾。

两边腮骨突出来的，所谓的反腮，是危险的人，把你吃光了骨头也不吐出来。以前我不相信，后来看得多，综合起来，发现比例上坏的实在占多。

说话时只见口中下面的一排牙齿，这种人也多数不可靠。

一眼看下去像一个猪头，这种人不一定坏，但大有可能是愚蠢的、怕事的、不负责任的。

从不见笑容，眼睛像兀鹰一样的，阴险得很，德国的希特勒就是个例子。

什么时候学会看人，年纪大了自然懂得。当你毕业时，照照镜子，看到一只老狐狸。

我就是一个例子。

做人好似铅笔写字，错了擦掉就算……

今天，又做错了一件事。提起铅笔，把过程记载下来。

写作人多用铅笔，像斯坦贝克（John Steinbeck）和海明威（Ernest Miller Hemingway），记得亦舒也喜欢。当今的，别说铅笔，什么笔都不碰，改用计算机。

错误不断地发生，就连这支东西，名有一个铅字，其实古代的罗马人才用铅块书写，到了近代，所有铅笔里面一点儿铅也没有，用的是一种叫石墨的矿物质。

石墨最早在英国被发现，产量很多，德国铅笔全靠英国输入。打了仗，禁运起来，德国人差点儿没铅笔用。当今发现打仗是错的，大家通起商来。英国货贵，德国人向中国买石墨。经济战不死人，打之可也。

中国石墨产量惊人，一早就输出到美国去。美国铅笔多数是黄色的，我们以为黄是宫廷颜色，美国佬所以用之，但应该是他们认为来自黄皮肤的地方吧。

至于铅笔头上有块树胶擦，也是种错误，现代铅笔的头，用的都是人造胶，和树胶扯不上关系。你用的这支铅笔，既不是铅，又不是橡胶，除了木头，都是假象。错误犯多了，犯久了，不去注意的话，也就当真了。我们生活在错误中。

树胶擦的发明是注册过的，每制造一支铅笔付一次版权费。

欧洲的铅笔公司不甘心，干脆不用树胶擦，仔细观察，便发觉到了。

做一支铅笔花费的木头不多，但全球的人用起来，就是天文数字。人类发觉对大自然造成的错误，规定铅笔制造商要种树，种多少用多少，参加这个国际组织的铅笔产品都有一个环保标志，注意一下再购买好了。

小时候一发脾气，就把铅笔往大腿上插，留下的石墨印，久久不散。

做人，总会出错。当今用铅笔是提醒自己，错了就用橡皮擦擦掉算了，重新来过，没什么大不了的。

不如干电影吧

……

如果我有儿女，一定会鼓励他们走进电影这一行。

第一，电影始终是一个梦工场，源源不绝的幻想，都能以画面表现出来。

第二，干电影的人，脑筋会被训练得非常灵活。这不行，就做那；那走不通，又预先安排了另一个选择。

第三，接触到的层面最广。不管是灯光、摄影、服装、道具等，每一个细节都是一门独有的学问。

第四，完成至上映，只有很短的一段时间，宣传上的快速，不是其他行业赶得上的。

第五，也是最吸引人的，是变化多端。曾经问过一个搭布景的员工，说建筑工人的薪金已经有你的两倍，为什么不改行？他回答说：“我在外面搭房子，一年才搭一座；我在片场里，一个星期就有一座不同的。”

做过电影之后，要应付比它刻板的工作，就轻而易举了，生存下来，容易得多。

所谓的狡兔三窟，电影人最拿手。他们对付的不只是人，还有天。

天晴了出外景，一阴就搬进片场或室内，这是基本的学习。再下去，就算下雨，户外工作也不能停止，老导演会教你：“打着伞，拍演员的特写好了。”

导演们为了要求更好，每一秒钟都在改变主意，跟着他的那群人，不管任何环境或约束，都要帮助他达到目的。朝九晚五的上司，怎么刁难，也不会麻烦过电影导演。

唯一的毛病是，上瘾后下不了舞台，以为光辉是永远的，一直依恋下去，直到潦倒为止。

一切工作，都是一样吧？我们做人，总得培养其他兴趣，研究深了成为专家，这份工不打，做别的。不断地自我增值，才是最终的道理。

何为教养

……

什么叫一个有教养的男人?

有礼貌，孝顺长辈，善待比他们年轻的人。守时，重诺言，衣着整齐，并不一定是名牌。外表保持干净，也是最重要的。那不是做给别人看，是对自己的一份尊重。

没有教养的男人，一眼望穿。

先从“尊容”看起，头发不梳，没有油，干枯凌乱。

再下来的是头屑了，见到头屑，一开始就给别人一个坏印象。头屑多代表不洗头，不冲凉，掉在深色的西装肩膀上，更令人生畏。这些人一到游乐场所，被迪斯科的荧光灯一照，白点斑斑，更是恐怖。

眉毛中有皮屑，耳朵上有油垢，也是致命伤。

还有最要命的鼻毛，长出鼻孔外，或者露出一两根，女士们一见逃之夭夭。

留胡须的总是一副脏相。看不到意大利人的胡子吗?他们修得整整齐齐，是每天勤奋下的功夫。从前鲁迅和孙中山留的，也天天剪呀!哪像当今的胡须佬，永远向女士们露着“我要用胡子刺痛你”的想法?

接着是衬衫了，领口不能大过颈项太多，花纹衬衫加上一套花纹西装，也是禁忌，何况还要配上一条花纹的金利来?

裤子下面穿着白袜或花袜，也会把人家眼睛弄脏。当今的，还有人配上一双运动鞋。

衣服之外，露出的那双手也能看出。尾指指甲留得长长的，一定是用来挖耳挖鼻，有什么比它更不卫生的？十指指甲都修得尖尖，干什么？学僵尸吗？

中国人有句俗语，说一开口就闻到腥味。这些没有教养的家伙，粗言粗语已叫人敬而远之。

不说话，但吃东西时发出"啅、啅、啅、啅"。啊，啊！那种噪音实在令人受不了，有哪个父母教你吃东西"啅、啅、啅、啅"，除非父母自己也"啅、啅、啅、啅"。

打喷嚏时不用手巾和面纸掩鼻，或者一口浓痰飞镖射出，这种人已不值得我们去讨论。走起路来大摇大摆，头部不停晃动的，已一无可取。

常常一个我字，什么都是我、我、我。在大机构中办事，公司买了这个产业，卖了那个股票，说起来，从不讲我们，而是我买的，我上了市，以为都是他自己一个人的功劳，这种人也无教养。

见到旁人不可一世，老板一出现，即刻变成一条狗讨好。这种人，也得避之。

眼神不正，不敢目对别人的鼠头鼠脑，已不是人。

又，什么叫一个有教养的女人呢？

条件应该和男人一样，但她们较难看穿。

一般香港女人已相当注重外表，不会乱穿衣服。而且，化妆品由几十块到几万块一瓶，照买不误。别的可省则省，只有这种东西不能省。

至于头，很少自己洗的，美容院一条街上开了几家，从来没看到一个城市，有那么多间的美容院。

但细看“尊容”，有些女人，已经纹眉。纹眉女子，先看出一个懒字，她们以为纹了眉，就不必太花功夫去画了。

即使有了外表，香港女子做人的态度，总是让人觉得她们面目可憎。

永远对男人呼呼喝喝。职位略为一高，即刻拿了鸡毛当令箭，非表现她们的权力不可。

从来在她们的口中挤不出一个“请”字，接电话总是一句“等等”，不会说“请等”。

没有教养的女人，常抬高头说话，说到一半，想不到怎么接下去，就以“啧”的一声终结，一直是“啧、啧、啧”。

教子女时先教势利。养出来的，都是狗眼看人低的孬种。

愈无教养，自卑感愈重。只有借助名牌手袋来表现自己，买不起真的，就去买赝品。

这种女人，注定老了成为孤独的八婆。就算结了婚一定和丈夫吵架离开，嫁不出去的居多。

没教养的男女，身边皆是，对付方法，只有漠视。和他们讲话时，透过他们的身体，看着他们背后的事物，不能多过三两句，应即刻弹开。

通常，说人坏话时，总加一句：“也有例外。”

对于这些没教养的，不必说有例外。他们没有例外，不用对他们客气，客气了也没用，他们没教养，听不出来的。

做一个人吧

……

不知道是什么时候，我变成了食家。

大概是从写餐厅评价开始的。我从不白吃白喝，好的就说好，坏的就说坏，读者喜欢听吧。

我介绍的不只是大餐厅，街边小贩的美食也是我推崇的，这大概是较为人亲近的缘故。

为什么读者说我的文字引人垂涎？那是因为每一篇文字，都是我在写稿写到天亮，肚子特别饿的时候下笔。秘诀都告诉你了。

被称为“家”不敢当，我更不是老饕，只是一个对吃有兴趣的人，而且我一吃就吃了几十年，不是专家也变成专家。

“我们也吃了几十年呀！”朋友说。当然，除了爱吃，好奇心要重，肯花工夫一家家去试，记载下来不就行吗？每一个人都可以成为食家的呀。

不知道是什么时候，我变成了茶商。

茶一喝也是数十年。我特别爱喝普洱茶，是因为来到香港，人人都喝的关系。以前普洱茶只在珠江三角洲一带流行，连原产地的云南人也没那么重视。广东人很聪明，知道普洱茶去油腻，所以广东瘦人还是多过胖子。

不过普洱茶是全发酵的茶，一般货色有点霉味，我找到了一条明人古方，调配后生产给友人喝，大家喝上瘾来一直向我要，不堪麻烦地制出商品，就那么糊里糊涂地成为茶商。

不知道是什么时候，我卖起零食来。

也许是因为卖茶得到了一点利润，对做生意产生了兴趣。想起小时奶妈废物利用，把饭焦炸给我们吃，将它制成商品出售而已。

不知道是什么时候，我开起餐厅来。

既然爱吃，这个结果已是理所当然的事。在其他食肆吃不到的猪油，只有自己做。大家都试过矮穷吃猪油捞饭的日子，同道中人不少，大家分享，何乐不为？

不知道是什么时候，我生产酱料。

干的都是和吃有关的东西，又看到XO酱的鼻祖韩培珠的辣椒酱给别人抢了生意，就兜起她的兴趣，请她出马做出来卖。成绩尚好，加多一样咸鱼酱。咸鱼虽然大家都说吃多会生癌，怕怕，但基本上我们都爱吃，做起来要用姜葱煎，非常麻烦，不如制为成品，一打开玻璃罐就能入口，那多方便！主意便产生了。

不知道是什么时候，我有了一间杂货店。

各种酱料因为坚持不放防腐剂，如果在超级市场分销，没有冷藏吃坏人怎么办？只好弄一个档口自己卖，请顾客一定要放入冰箱，便能达到卫生原则，所以就开那么小小的一间。租金不是很贵，由多年好友谢国昌一人看管，还勉强维持。接触到许多中环佳丽来买，说拿回家煮个公仔面当菜，原来美人也有寂寞的晚上。

不知道是什么时候，我推销起药来。

在澳大利亚拍戏的那年，发现了一种补肾药，服了有效，介绍给朋友，大家都要我替他们买，不如就代理起来。澳大利亚管制药物的法律极严，吃坏人会被人告到扑街[①]，这是纯草药炼成，对身体无害，卖就卖吧。

不知道是什么时候，我写起文章来。

抒抒情，又能赚点稿费帮补家用，多好！稿纸又不要什么本钱的。

不知道是什么时候，我忘记了老本行是拍电影。

从十六岁出道就一直做，也有四十年了，我拍过许多商业片，其中只监制了三部三级电影，便给人留下印象，再也没有人记得我监制过成龙的片子，所以也忘记了自己是干电影的。

这些工作，有赚有亏，说我的生活无忧无虑是假的，我至今还是两袖清风，得努力保个养老的本钱。

“你到底是什么身份？电影人？食家？茶商？开餐厅的？开杂货店的？做零食的？卖柴米油盐酱的？你最想别人怎么看你？”朋友问。

“我只想做一个人。”我回答。

从小，父母亲就要我好好地“做人”。做人还不容易吗？不。不容易。

“什么叫会做人？”朋友说，“看人脸色不就是？”

不，做人就是努力别看他人脸色，做人，也没必要给别人脸色看。

生了下来，大家都是平等的。人与人之间要有一份互相的尊敬。所以我不管对方是什么职业，是老是少，我都尊重。

---

① 扑街：粤语方言，原指横尸街头，后引申为骂人或诅咒人的用语。也有惨了、死定了的意思。

除了尊敬人，也要尊敬我们住的环境，这是一个基本条件。

看惯了人类为了一点小利益而出卖朋友，甚至兄弟父母，也学会了饶恕。人，到底是脆弱的。

年轻时的嫉恶如仇时代已成过去。但会做人并不需要圆滑，有话还是要说的。为了争取到这个权力，付出的甚多。现在，要求的也只是尽量能说要说的话，不卑不亢。

到了这个地步，最大的缺点是变成了老顽固，但已经练成百毒不侵之身，别人的批评，当耳边风矣，认为自己是一个人，中国人、美国人都没有分别。愿你我都一样，做一个人吧。

不是问题

……

从前常忘记这个忘记那个，很不方便。

当今我出门之前，总问我自己："有四种东西，带了没有?"

开始数：钱，有了。手提电话，有了。眼镜，有了。雪茄呢?也有了。习惯，很可怕，学到坏的，终生困扰，好的非养成不可。

我一走进酒店，必把开门的锁匙或卡片放在电视机上，此后不花时间就能找到，出门之前又问自己："有一种东西，带了没有?"

年纪一大，记忆力衰退是必然的事。年轻时看到长辈邵逸夫爵士，身上总有一个很精美的皮夹，插入白卡，一想起什么，即刻用笔记之，字又小又细，但力道十足，写得把纸张也刮出深坑来。

九十多岁的人了，还是没有抛弃这好习惯，当今又电子手账又手提电话记事，方便得多，年轻男女还是不肯改善记忆力，没话说。

记性差，有时是天生的，也不能太过责备自己，最糟糕的是不用功，不肯用笔记下来。

更坏的，是推三推四，明明自己忘记了还拼命解释已经打了电话给对方，对方没有回电罢了，不关我事。

没回电？不会追吗？年轻人的缺点是叫他们做一件事，很少得到回音，要等问起才搪塞一番。我们这些老得已成精的人，怎么看不出？当面责备多了，大家伤感情，最后只有忍着不发脾气而已。

事情做错，道歉一声，不就行吗？

记性不佳，最好是想到什么即刻做，不然一转头就忘记了。再忙，也要停下一切，先办完想起的事。

但是做完这件，又忘记其他的，也是我自己犯过的大毛病。不要紧，我把我的上司一个个消灭，炒他们的鱿鱼，到现在没人管，也没压力，要忘记什么就忘记什么。

如果你也能够做到这个地步，记忆力差，已不是问题。

质疑孩童、理解孩童、成为孩童

……

带了一群小孩子去旅行。我一向对儿童的印象不佳，觉得他们是怪物，或是外星人。

一个同样的动作，做了又做。有时他们会藏在桌子下面，忽然露出脸来吓你。你一有反应笑了出来，这下子可好，他们又藏又露，永远一样。一做，就做了两小时。

精力充沛，说话、唱歌、跳上跳下，来个没完没了。头脑开始发涨，喊停又不行，到底是别人家孩子，你有什么权力指责?

小鬼们又挑食，总要妈妈哄骗一番，才肯吃一口。喜欢的还吞几口，外表新奇的绝对不去碰。这只维持一段很短时间，到了成长期，这一顿吃得饱饱的，走出餐厅，肚子又饿，简直是消化奇兵。我供应他们的食物，多也不是，少也不是，真头痛。

但是，这些看不顺眼的事，自己小时也经过，怎不反省?

记得做儿童时，喜欢学陀螺，把身体转了又转，转到支撑不了，躺在地上，天旋地转。那么愚蠢的事，怎做得出呢?

那么一想，开始对儿童的行为宽恕了很多，见到那些重复又重复的动作，似乎有了理解。仔细观察，像看小动物的纪录片。的确有点可爱。

其中一位不断画画，我也在纸上画着并排的五个小圆圈。儿童望着我，不知道我想画些什么? 我又在第二个和第四个圆圈之外画一个大圆圈，加上几点，就变成有眼睛和嘴巴的一张脸，惹得他们哈哈大笑，开始对我有点好感。

我令他们发笑，他们表演节目来报答。有一个小女孩扮猫，四处乱爬。握着拳，做洗脸状，发出咪咪的叫声，也像到极点，接着就模仿抓耗子，守在角落，等老鼠出来一口咬住。可见他们的观察力很强，不然学习不到。我们只要模仿他们扮猫，把自己当成儿童，就可以参加他们的游戏了。

有些事坚持更重要

……

二〇一六年快结束了，回想在这三百六十五天之中，做了些什么：

较有意思的，是为“北河同行”做宣传。

有一天，父亲的朋友，出版界的老行尊蓝真先生的千金蓝列群小姐打电话来，要我帮她写“北河同行”四个字送给一位姓陈的人，我起初不知道是什么，店名又不像店名的，写就写吧。反正是举手之劳，后来才知道，这是由陈灼明发起的一项慈善运动。

明哥的店，最初开在深水埗，叫“北河烧腊”，是一间从早上五六点钟就卖东西的点心店，非常之用心，其中烧肉做得最好，因为当今的烧肉已不像从前，需要在地上挖一个深坑，四围铺上瓷砖，在下面烧大火，把炉壁烧红，用热力将肉烤熟，所以爽脆的皮可以维持很长时间。现在的烧肉是用一个铁炉烧的，像个太空舱，故亦称为太空炉，隔两三小时皮已不脆了。明哥的店也使用太空炉，但一天烧三四次，所以任何时间去吃，都是最佳状态，猪皮像饼干一样脆到不得了，大家一试便知道高低。

各种盅头饭[1]：咸鱼肉饼、凤爪排骨等都齐全，怀旧的鹌鹑蛋烧卖、鸡扎、粉卷等，应有尽有。穷困日子的点心店都是一大清早就有得吃，当今的要到十一点才开门，像我这种早起的人，能到“北河烧腊”去享受一顿早茶，的确幸福。

旧时的点心店都是薄利多销，明哥的店价钱也非常合理，一不小心还要亏本，但他本着良心一步步做，有了盈利之后，开始派盒饭，免费赠送给有需要的老人家，也送给聚集在天桥底下的流浪汉。

这种善行得到有心人支持，许多义工都跑来帮忙，有的是做电子行业的，也有当空姐的，各种人都有，慢慢地，成为一种运动，而这运动就是“北河同行”了。愈做愈强大时，明哥不断地改善，天气一冷，与其让老人家排队，不如发出饭票，随时可以来取。

很多善心人听到了，都想参与成为一分子，但又不知道怎么捐款，现在已得到711便利店的支持，只要你去买东西时顺便买一张饭票，就可以间接地把盒饭送到有需要的人手上。

香港人一向对慈善工作热心，从前内地一有天灾人祸，第一个捐款的就是香港人，记得有一项调查，是以人口来计，香港是世界上数一数二捐善款最多的。

但这种本身就应该有的行为，近年来大家忙着生计而逐渐忘

---

① 盅头饭：起源于20世纪20年代的广东，特别是在香港非常流行。最初是为搬运工人设计的，因为他们通常在早上六点就要开始工作，需要在凌晨四点左右吃早餐。为了满足这些工人的需求，茶楼使用炖汤的炖盅来快速准备食物，这种做法的煲仔饭因此被称为盅头饭。盅头饭的特点是饭菜一同炖煮，使得饭中带有肉汁的味道，简单易做且保温性好。

记，当今又有明哥这一类的人物来提醒，的确是好事。

其实派盒饭这件事，本来就有很多人做，只是缺少了像“北河同行”这样的宣传。举个例子，据《温暖人间》这本杂志上报道说，港铁太子站附近的“百宝斋厨”六年前开始已有这种善举，起初一个月派一至两次，直至三年前发展成一个月派二十次的活动，另有三四次的素菜流水宴，免费招待有需要的人士。

店主叫高丽慈，十二岁时已皈依佛教，念念不忘师父说过：“开一间素食店的功德比建庙更大。”

除了做斋菜和派饭，店主更注重与长者的交流、问候和关心，也许比派饭更有用，她说：“这是一份责任，要有良心，有担当地去做，持续不断才行，千万不能好心做坏事。”

在荃湾兆和街的小巷中，清早七点多已聚集一班公公婆婆等候盒饭，这是一间很小的“素悦轩”，前店主每天派一百份盒饭，当今店铺易手，由新老板何先生和胡哥接手经营，二话不说，继续派饭，店铺本来在十二点开门营业，但他们提早在八点半开工，做饭派给老人家。

他们两人并非佛教徒，说：“善心无分宗教，我们从来没想过有任何回报或者积福，无所谓，做到就做。”

厨师文哥也是受到感染而加入团队，从构思、买菜、洗切、营养、味道和新鲜度出发，他说：“菜一定要当造①的，而且少油少糖少盐，要煮得软一点，尽量少煎炸。”

许多人受感动，主动来当义工，负责洗菜、派筹②、盛饭，大

---

① 当造：粤语词，当季、时令的意思。

② 派筹：粤语词，“筹”即号码牌，派发号码牌就叫“派筹”。

家有讲有笑，体会到付出，才是最大的快乐。

建议他们改用“北河同行”明哥的做法，不必发号码筹让老人家排队，直接派饭票，任何时间都可以来拿，随意得多。

另一间叫“天然斋”，也采用了派饭票的制度，店主Ivy和Terence，以及有相同理念的厨师胡先生，每逢星期二下午派一百份盒饭，另外星期五在铜锣湾鹅颈桥街坊福利会派饭票，他们说：“老人家不是贪你一份盒饭，而是需要当中的关怀。”

看到照片中除了盒饭之外，还派一个苹果，令我想起明哥说过：“我去天桥下派盒饭时也有一个苹果，露宿者把苹果丢弃，令我很生气，后来才知道他们说年纪大了，哪有牙力咬苹果？才恍然大悟，下次改用较软的水果。”

是的，善心运动的巨轮已启动，做好事的人应该团结，互相学习，慈善本来就是理所当然的，不是什么伟大的事。有了这种心态，会做得更好。

基本的礼貌

……

最喜欢的一张照片，黑白，清末拍的。照片中两人，一个长着胡子的老翁，一个膝头般高的小童，都穿着长袍马褂，两人互相作九十度的鞠躬，露出笑容。

这是基本，这是中国人的礼貌。

曾几何时，中国人忘了。

我们那辈的人，见到比我们年长的，都以“先生”称呼；遇到比我们年幼的，都叫“兄”。每次我与金庸先生会面，都恭敬地称他“查先生”，他也叫我“蔡澜兄”。我与香港最大的藏画家刘作筹首次见面时，他亦称我“蔡澜兄”，我说怎么敢当，他回答：“我们这辈子的人，见到比我们年长的，都以先生称呼；遇到比我们年轻的，都叫兄。”

我是重复他的教导，现在再次提醒年轻人，中国人有过这么一套的礼仪。

在街上遇到年轻人，向我喝道：“蔡澜，和我拍一张照片！”

非亲非故，怎么可以呼名道姓？但我相信是他的长辈没有告诉过他礼仪之事，所以也不生气，好言相劝，把这套礼仪告诉了他。一般有两种反应，听了尴尬地点头，或者恼羞成怒：“拍就拍，不拍就算，啰嗦那么多干什么？”

前者听了，对方一生受用；后者不听，永远是低等动物。

一般都以为法国人傲慢，但我在法国小镇散步时，见到的人都向我说早安，我大赞他们很有礼貌，他们说：“我不向你打招呼，显得我没有教养而已。”

礼貌不止于言论，衣着也有关系，你身在外国，穿得像一个难民，怪不得他们远离你，要是你干干净净，不必名牌，他们也会看在眼里，以礼待之。

别人对你没有礼貌，只因为你争先恐后不排队；别人看不起你，是因为你在公众场合喧哗，大声讲电话。这是自己作贱，应该遭到白眼。

有时候也必须自我检讨，我一直不喜欢和别人握手，但是我都忍受，每次和那些有手汗的人握手，就不舒服半天，非即刻跑到洗手间洗手不可。一次又一次，我变成了有洁癖，不与别人有身体的接触。如果你伸出手，而我只拱手作揖，请你原谅。

找我拍照一点儿问题也没有，一答应了就走过来，用手搭在我肩膀上，这也是老一辈的人认为极度犯忌的事，我年轻时还强忍，到了这个年纪，惟有直斥。

有礼貌当然是好，但过多了，没有必要的，就变成了愚蠢，像我到任何场合，都有人带路，但带路的人太有礼貌了，让我先走。我哪里知道东南西北，就说你先走吧，对方坚持客气礼让："您先走，您先走。"走个屁，实在是笨蛋一名。

大家都以为日本人最懂得礼貌，那是因为整个大环境都在守礼，如果都不互相说早安时，他们也会忘记，像有个朋友娶了一个日本太太，见到家翁，连早安也不说，我看在眼里，用日本话大骂这个女人一番，她委屈地说："你们也不说早安呀。"

当今，守礼的国家，还是首推韩国，韩国人一见面就问对方年龄，外国人以为不礼貌，但是要明白他们问岁数，是因为你要是比他们大，他们就会对你恭敬，若是平辈，礼数才能节省。韩国人见你比他们大，敬酒都要把头转过去，不能相对。

餐桌上，吃东西时发出声音，在中国以外，都是极不礼貌的行为，当然，吃面时是例外。用手抓东西吃也不礼貌，但是吃有翅膀的，绝对可以用手。

墨守成规的日本人，吃鱼时是不可把骨头吐出来的，所以吃鱼吃得特别细心，万一遇到刺又如何？用片纸巾包起来。

最不能忍受的是，遇到伤风感冒，不断流鼻涕，一直"嘶嘶"声地吸回鼻去，以为这才是有礼貌，哪知这是听觉污染，听到了极度讨厌。拿片纸巾，大力一擤，不就没事了吗？那多舒服！是的，在西方，擤鼻是可以的。我遇到这种女人，都叫她们擤鼻。如果还是觉得不礼貌的话，那么跑去洗手间大力擤了再走出来好了。

飞机上，双脚大力顶着前面座位椅背的行为，是极不礼貌的，一人一个的手枕，你不顾他人死活，都霸占来用，这都是没有教养的行为。

通常，遇到这种情形，面斥起来就要吵架，和这些人吵起来，是自己的修养不够，遇到这种情形，向空姐投诉，请她转告好了。

进入洗手间，看到别人把洗脸盆弄脏，我会用纸巾擦干净，不祈求下一个使用的人欣赏，只要心安理得就是，一切礼仪，不做给别人看。

从小教导很重要，像那张黑白照片的小童，长大了一定懂得什么是礼貌，什么是互相的尊敬，天下太平。

贵不一定好

……

最近重临国内一家酒店，重新装修过，一向出名的点心部做出来的烧卖上桌一看，首先发现不同的是，上面铺了些黑漆漆的东西。

什么？当然是所谓的黑松露酱了。吃了一口，味道大不如前，这松露酱也少得可怜，本身已没什么味道了，只是装饰而已，但这笼三粒的烧卖，已较原先的价钱高出三倍来，顾客只有哑忍了。

不只是内地的餐厅，这个坏习惯从香港的餐厅开始，什么都添上那么一点点贵东西，什么都要卖贵。

那一点黑松露酱，有些人一看，就大叫黑松露呀，贵呀贵呀！如果用意大利的乐其雅（La Rustichella），还有一点煤油火水味，当今用的哪值几个钱呢？我觉得十块钱人民币的橄榄菜更好吃。

今天去一家所谓新派茶饮的，叫了一笼虾饺。烧卖虾饺都是广东点心的代表作，非叫不可，上面没加什么贵食材，但是馅本身尽是虾，没什么猪肉，当然不加鲜笋了。猪肉便宜，虾贵，有什么可以抱怨的，给了你那么多的虾！但是，从前虾珍贵，当今大量养殖，已不值钱，而且经过冷冻，已变成半透明，一看已经倒胃，何况一点儿味道也没有，不吃也罢。

记得从前去内地，餐厅经营者问我的，不是怎么把菜炒好，而是还有什么贵食材可用，我说大把，鲟鱼酱呀，鹅肝酱呀！

当今，这些都派上用场了。

岂知最好的鹅肝酱产于法国的佩里戈尔（Perigord），而世界上所有的鹅肝酱中，只有五个巴仙是法国产的，其余的都是来自匈牙利和中国，如果处理得好的话勉强吃得过，不然就是死尸味。

况且，鹅肝酱极肥腻，只能小量吃，或者加果酱之类的甜东西吃，不可那么一大块一大块吞，暴发户不但那么吃，还配上烤乳猪，肥上加肥，结果那一桌贵菜吃到人人作呕，在外国一定闹官司。

不要一直骂自己人，西餐中的坏习惯可多了，坐了下来，先摆一个大碟子，空的，什么都不装，干什么？侍者走来，收了回去，原来是观赏用的，我们又学了，弄出乱七八糟的碟子，也“观赏”一番。

在二十世纪七八十年代香港经济起飞时，菜肴先由阿婆阿婶端到桌旁，经理或女侍应从她们的手上接过去，再摆在客人面前，我每次看到即刻抢着从阿婆手上拿过来，只见她发出可怜的眼光，说万万不可，老板会骂的。果然经理走了过来，结果我指责说当今已不是暴发户年代，还来这种坏习惯，餐厅迟早要关门。

潮州人吃响螺，是出名的贵，暴发户请客，必叫响螺。出来的只是那么薄薄几片。吃进口，像树胶那样咬不动，骗别人还可以，给倪匡兄看到了，说这根本不是响螺。真正响螺的螺壳不起尖角，这种名叫角螺，不知骗了多少人了！

扮龙利鱼也给他老人家一眼看穿，叫卖鱼的翻肚子给他看，如果是粉红色的那才是真的，一般都是带着黑斑，煮完吃了一口都是渣，哪是什么贵鱼？

当今国内，还大兴吃松茸呢，那么粗大的松茸，一大片一大片炒来吃，味道有如发泡胶。真正的松茸，放一小片到土瓶蒸里面，还没捧出来已经闻到一阵阵幽香，怎能相比呢？

还有什么贵东西？西班牙火腿贵呀，什么十二个月、三十六个月的，分辨得出吗？是其他火腿扮的，一味死咸，咬也咬不动，还争先恐后，大赞美味。我们当年在巴塞罗那吃的火腿，不刨片，是一角一角切得像骰子一般大的，吃进口，柔软无比，用最不喜欢的词来形容，真的是入口即化的。

还有鱼子酱，俄国产的最便宜，也登上大雅之堂了，一口盐，一点儿香味也没有，也给航空公司的头等舱拿来当宝。真正的伊朗鱼子酱绝对不会过咸，一颗颗吃进口像会爆炸，世界上只有几个人才会腌出来。

说回最单纯的烧卖，我们从前吃的，上面最多铺一点咸蛋黄，这多好！何必用什么海胆呢？结果弄出一些日本飞鱼籽，有点脆感，还说是什么蟹黄？连飞鱼籽是什么东西都不知道！

最后，最恐怖的，是让人请客时，第一碟就是切得像薯仔条那么又厚又大的鲑鱼刺身，那种可怕的假粉红色，都是人工色素。养殖的鲑鱼是灰颜色的，就拼命下人工色素，结果鱼不新鲜，也不会变色，让你吃得满肚子寄生虫。

还是返璞归真，来一碗白米饭吧，淋上些蒸鱼汁，已经是美满的一餐，何必去搞那么多花样呢！但是要怎么才能返璞归真？真的东西已经都被吃得绝种，剩下来的都是基因改造的，番茄中还加了蝎子的基因，才能防虫。所有芫荽一点也不香，完全是怪味。要返璞归真，得吃过真东西才能归呀，基因改造要经过多少年才能发现对人体有害？坏习惯要改，我看还得五十年吧。

我已活过

……

艺人走了，大家惋惜："那么年轻，活多几年才对呀！"

活多几年？活来干什么？等人老珠黄？待观众一个个抛弃？

只有娱乐圈中的人，才明白蜡烛要烧，点两头更明亮的道理。一刹那的光辉，总比一辈子平庸好。

人生浮沉，艺人是不能接受的，他们永远要站在高峰，要跌，只可跌死。

当事业低迷的时候，艺人恐慌，拼命挣扎。这时，好友离去，观众背叛，他们陷入精神错乱。这也是经常见到的事，因为他们不是一般的人，他们是艺人。

就算一帆风顺，艺人也要求所谓的突破，换一个新面孔出现。但大家爱的是旧时的你，喜欢新人的话，不如捧一个更年轻的。

更上一层楼，对艺人来说，极为危险，也只有剑走偏锋，才有蜕变。突破需要很强的文化背景，可惜一般艺人读书不多，听身边猪朋狗友的话，一个个像苍蝇跌下。

曾经有人对艺人做一个结论：天赋，一定要有，但是运气，才是成功最重要的因素。

艺人以为神一直保佑着他们。失败是一种考验？他们的信仰之中，不允许有人对他们有任何的怀疑。

明明知道是错的，可是没有人能阻止他们。艺人像瀑布，不停冲下，无休无止，一直唱着《我行我素》之歌。

艺人并不需要同情，他们祈求的是你的爱戴。劝他们保护健康，是多余的。

像一个战士，最光荣的莫过于死于沙场。站在舞台上，听大家的喝彩，那区区的绝症，算得了什么？

燎原巨火。燃烧吧。只要能点亮你的心，艺人说："我已活过。"

树可交友，人可深交……

到了星期一早上，又是香港电台第一台的《晨光第一线》打电话来聊天的时候，听众说不知不觉，已有十年时光吧？我的感觉，则有二十年以上了。

大家都成了老朋友，讲者与听者。主持人问我有没有时常打一个电话问候故交。从前倒是做这事，尤其是打到国外。近年已少，因为友人有了电邮，发短讯较多。

谈到老友，我说除了人可做朋友之外，树也行。像今天谈电话时，由家中窗口望下，路边的树头开满白花，盛放为一片花海，实在漂亮，我就俯首向花问好。

这种树香港人给了一个很俗气的名字，叫树头菜。本名为鱼木，较为文雅。虽说鱼木是由亚洲热带地区引进的，但我在南洋成长，又到过各地旅行，甚少看见这种树，香港生得特别旺盛，是福气。

树可长到十五米高，冬天叶子全部掉落，光秃秃的。等到春天到来，又在清明雨纷纷之后，花就开了。起初呈白色，花蕾紧接新叶长出。是花是叶？分辨不出来。仔细观察，花瓣里面有红色的花丝。花能盛开二至三星期，还没变黄，落得满地，不逊樱花。

因为花落后长满肉质多汁的果实，成熟后变硬，故称之属于山柑科（capparaceae）。

南洋人所说的Buah Karat不知道是不是石栗？如果是的话，则可以舂碎后，成为煮咖喱的香料之一。这一点，还要求证才行。

看到鱼木开花，就想起十三妹，她的散文中提起此树。因为她是第一个在香港拥有大量读者的专栏作家，我当她为祖，像木匠供奉鲁班、豆腐匠拜刘安一样。

树可以做朋友，故人也能成为深交。十三妹从来没见过面，但当她是知己。在鱼木开花的时候，是我思念她的时候。

第四章

吃是一种生活态度

什么东西最好吃?

妈妈的菜最好吃。这是肯定的。

你从小吃过什么，这个印象就深深地烙在你脑海里，永远是最好的，也永远是找不回来的。

寿司礼仪

……

香港的日本料理开得那么多，但是有些吃日本菜的基本礼仪还没学会。网友们经常有些问题，奉覆如次：

问：“寿司到底要不要和酒一块享受？”

答：“世界上的任何一种美食，有了酒，才算完美，寿司店也不例外。但是寿司是由江户时代的一种快餐演变出来的，寿司店不是又喝酒又聊天的地方。如果这是你的要求，请光顾居酒屋。”

问：“那么面店呢？”

答：“啊，你说得对，中华拉面除外，日本面店是专给食客喝酒的，所以摆了好酒。近年来寿司店也进步了，开始注重清酒的质量。”

问：“吃寿司，是否一定要坐柜台才好？”

答：“坐柜台和师傅交谈，是吃寿司的另一种享受，很多高级寿司店是不设桌椅的。”

问：“那不是座位很有限吗？”

答：“所以更不应该又聊天又喝酒，屁股拉得太长的话影响人家做生意，吃寿司的礼仪应该吃完就走，别把座位占太久。店里没有客人的话，又另当别论，可以和师傅一直聊下去。”

问：“那么不懂得讲日本话，不是很吃亏？”

答：“当今经济不好，生意难做。遇到外国客人，很多寿司师傅都会指手画脚地讲些英语。”

问：“为什么高级寿司店都没有玻璃橱窗，看不到鱼？”

答：“玻璃器皿只是冷冰冰罢了，鱼虾最好放到一个桧木的箱里，再放进雪柜。虽然没有明文规定，但通常第一个木箱摆金枪鱼和鲣鱼。第二个箱放鲹和沙丁鱼，还有虾，虾是看见有客人走进店里才煮的。”

问：“生客不一定吃虾呀。”

答：“是的，不叫的话，留着给套餐用。虾一定是吃不热不冷的，温温地上桌，才是最佳状态，最好的寿司店会做到这一点。”

问：“第三个箱呢？”

答：“摆鱿鱼、大竹荚鱼、比目鱼等，还有海胆。第四个箱摆贝类：赤贝、乌贝、贝柱和鲑鱼卵。”

问：“为什么鱼和贝要分开摆？”

答：“有很多客人要求师傅拿给他们吃，不自己叫。师傅先拿出一块鱼和一块贝，观察他们举手先拿哪一块，喜欢吃贝类的，再下去就多拿几块贝给他们吃。”

问：“我们已经知道吃寿司，分捏着饭的‘握（Nigiri）’，和只是吃鱼虾送酒的刺身，叫‘撮（Tsumami）’。两种吃法有什么共同点？”

答：“共同点就是师傅一拿出来，客人最好在三秒钟里面把它吃光。鱼和饭的温度应该和人体温度一样，过热和过冷都不合格。”

问：“酱油要怎么蘸？”

答：“握寿司的话，手抓起来，打斜着蘸，饭和鱼都各蘸一点点。用紫菜包着海胆，术语叫‘军舰’的，蘸底部就是。有些小鱼小贝，像白饭鱼，铺在饭团上，用紫菜围住的，很容易散开，就要把酱油瓶提起，淋在鱼上面了。”

问：“有些寿司师傅用刷子蘸了酱油后擦在鱼上面，那算正不正规?”

答：“那是旧时的吃法，在大阪还很流行。是不是被酱油涂过的很容易分辨得出，看鱼片有没有光泽就知道。”

问：“有人说，吃鱼要先从淡味的鱼开始吃，像比目鱼等，渐渐地再转浓味的，像toro①等，有没有根据?”

答：“渐入佳境也行，先浓后淡，像人生一样，也行。总之你要怎么吃是你的选择，别听别人的意见，别受所谓专家的影响。”

问：“第一次光顾出名的高级寿司店，要怎么样才好?”

答：“走进去就行了，日本没有什么预约的传统，除非店里指明一定要预约。不过，第一次去有预约也好，让寿司店有个迎接外国客人的心理准备，请你入住的酒店服务部替你订位好了。可以预先指定要坐柜台的。”

问：“不知价钱，怎做预算?”

答：“寿司分三个叫法：一，Omakase，那是交给师傅去做；二，Okonomi，那是客人自己点；三，Okimari是定食，通常分松、竹、梅等级数。请酒店服务部替你问明套餐价钱，自己想吃多少付多少，就有个预算了。”

问：“要怎样才能成为熟客?”

答：“当然要去得多呀。第一次去，和哪一个师傅有了沟通，就向他要张名片，下次叫酒店订座时指定要他服务好了。”

---

① toro：指金枪鱼腹部脂肪丰厚部位的肉，这个词后来也被用来泛指其他鱼类或肉类中脂肪含量较高的部分。

问：“听说有些店是不欢迎外国客人的。”

答：“从前生意好，挤都挤不进去，那倒是真的。当今这种经济，公账开得少了，自己够钱来付的客人不多，店里高兴还来不及，哪有不欢迎外国客的道理？”

浅尝

和小朋友聊天，当然是有关于吃的，和我交往的都喜欢谈饮食，也只有这种话题，最为欢乐。

“我发现你原来是吃得不多的，你的许多朋友也说‘蔡澜这个人不吃东西的。’这是不是因为你已经吃厌了，人也老了？”小朋友口无遮拦，单刀直入。

“老不是一种罪，我承认我是老了，有一天，你也会经过这个阶段。至于是不是吃厌，好的东西怎么会吃厌呢？当今好的东西少了，我就少吃一点。”我老实地回答。

“照样很多呀，有瓜果菜蔬，有猪肉鸡肉，有石斑也有苏眉，怎么说少了呢？”小朋友反问。

“有其形，无其味。你们吃的鱼多数是养殖的，肉类的脂肪也愈减愈少，蔬菜更是经基因改造，弄得没有味道。人类为了贪婪，拼命促生，有些还加了很多农药，又为了养殖失去颜色，不管人家死活，加苏丹红等色素，不好吃不要紧，吃出毛病来可不是开玩笑的。”

小朋友怕了："那——那我们要怎么样才好？"

"一切浅尝。"

"浅尝？"

"是。这是一门很深奥的学问，美食当前，叫你不再去碰是不容易的，我自己也忍不了，要学会浅尝不容易。"我说。

"那我们年轻人呢？要怎么开始？"

我答："从要吃就吃最好的开始。别贪便宜，有野生的，贵一点也得买，吃过野生的，就知道滋味有多好，再也回不了头去吃养殖的了。"

小朋友点点头，好像有点明白这个道理："那和浅尝有什么关系？"

"你们这个年代，就算有钱，能吃到野生东西的机会也不多，那么就别贪心，吃几小口就行，看到野生鱼，只用它的汤汁来浇白米饭，也是一种美食。"

"白米饭吃了会发胖的！"

"胡说，现在的人哪会吃太多饭？你们发胖，是因为你们喜欢吃垃圾食物，而垃圾食物多数是煎炸，煎炸的东西吃多了，才会发胖！"

"煎炸的东西很香，你不喜欢吃吗？"

"我也喜欢，不过我喜欢吃好的。"

"煎炸也分好坏吗？"

"当然，包着的那层粉那么厚，吸满了油，我一看到就觉得恐怖。好的天妇罗，炸后放在纸上，最多只有一两滴油，你吃过，就不会去尝坏的了。"

"我们哪有条件天天去吃高级天妇罗？"

“把钱省下，吃一次好的，这么一来，至少你不会天天想吃肯德基。同个道理，你吃过一顿好的寿司，就不会想去试回转的了。”

“道理我知道，但是我们还在发育时期，你教我怎么不吃一个饱呢？”

“那我宁愿你吃几串鱼蛋、一碟炒饭、一碗拉面，每一种都浅尝，好过用一种东西把胃塞得满满的。对感情，我不鼓励花心，但对食物，绝对要花心！”

“这话怎么说？”

“好像吃鱼，如果有孔雀石绿，那么少吃一点也不要紧，吃太多，毛病就来了。吃火锅有地沟油，那么吃少一点，再来杯茶解解，也没事。”

“你的意思是什么都可以吃，但是什么都少吃一点？”

“对，要保持好奇心，中国菜吃了，吃日本、吃韩国、吃泰国、吃越南、吃西餐，什么都好，什么都不必狂吞，多吃几样。”

“不喜欢的呢？像芝士，我就从来不碰。”

“也要逼自己去吃，试过了，你才有资格说喜欢或者不喜欢，从来不碰，就是无知，年轻人求的是知识，你怎么可以连这一点都不懂？芝士很臭，但是可以从不臭的卡夫芝士开始，蘸点糖，甜甜的，好像吃蛋糕。慢慢地你就会发现卡夫芝士满足不了你，因为这是牛奶做的，当你要求更浓郁的味道时，你就会去吃羊奶做的，到时，这个芝士的味觉世界，就给你打开了。”

“榴莲也是同一个道理？”

“对。把榴莲放在冰格上冻硬，拿下来用刀切一小片，当雪糕吃，当你接受了，泰国榴莲满足不了你，便会去追求马来西亚的猫山王了。”

“道理我明白，但是有些人也只爱吃麦当劳，只喜欢吃肯德基，那怎么办？”

“那只有祝福你了。”

小朋友有点委屈：“对着一些我爱吃的东西，总得吃个饱，你怎么说我也不会理睬的。”

“我知道，有些东西在这个阶段是很难入脑的，我现在唠唠叨叨地向你说，也不希望你会了解，我只是在你脑中种下一颗种子罢了。有一句话你记得就是：今天要吃得比昨天好，希望明天就得比今天更精彩。到时，你就会发现，一切食物，浅尝一下，就够了。”

当食家的条件

……

小朋友问：“昨天看台湾的饮食节目，出现了一个出名的食家，他反问采访者‘你在台湾吃过何首乌包的寿司吗？你吃过鹅肝酱包的寿司吗？’态度相当傲慢。这些东西，到底好不好吃？”

“何首乌只是草药的一种，虽然有疗效，但带苦，质地又粗糙，并不好吃。用来包寿司，显然是噱头而已。而鹅肝酱的吃法，早就被法国人研究得一清二楚，很难超越他们，包寿司只是想卖高价钱。”我说。

“那什么才叫精彩的寿司？”

“要看他们切鱼的本事，还有他们下盐，也是一粒粒数着撒。捏出来的寿司，形态优不优美也是很重要的，还要鱼和饭的比例刚好才行。”

“怎样才知道吃的是最好的寿司？”

“比较呀，一切靠比较。最好的寿司店，全日本也没有几家，至少先得一家家去试。”

“外国就不会出现好的寿司店？”

“外国的寿司店，不可能是最好的。”

“为什么？”

“第一，一流的师傅在日本已非常抢手，薪金多高都有人请，他们在本土生活优雅，又受雇主和客人的尊敬，不必到异乡去求生。第二，即使在外国闯出名堂，也要迎合当地人口胃，用牛油果包出来的加州卷就是证明。有的更学了法国人的上菜方法来讨好，像悉尼的Tetsuya's餐厅就是个例子。”

“那么要成为一个食家，应该怎么做起？”

“做作家要从看书做起，做画家要从画画做起，当食家当然由吃做起，最重要的，还是先对食物有兴趣。”

“你又在作弄我了，我们天天都在吃，一天吃三餐，怎么又成不了食家？”

“对食物没有兴趣的话，就变成饲料了。一喜欢，就想知道吃了些什么。最好笔记下来，再去找这些食材的数据，做法有多少种，等等。久而久之，就成为食家了。”

“那么简单？有没有分阶段的？”

“当然。最低级的，是看到什么食物，都‘哗’的一大声叫出来。”

小朋友点点头：“对对，要冷静，要冷静！还有呢？”

“不能偏食，什么都要吃。”

"内脏呀，虫虫蚁蚁呀，都要吃吗?"

"是。吃过了，才有资格说好不好吃。"

"那么贵的东西呢? 吃不起怎么办?"

"这就激发你去努力赚钱呀! 不过，最贵的东西全世界都很少的，反而是最便宜的最多，造就的尖端厨艺也最多。先从最便宜的吃起，如果你能吃遍多种，也许你不想要吃贵的东西了。"

"吃东西也是一种艺术吗?"

"当然，一样东西研究深了，就变成艺术了。"

"那到底怎么做起嘛?"

"你家附近有什么东西吃，就从那里做起，比方说你邻居的茶餐厅。"

"不怎么好吃。"

"对了，那是你和其他地方的茶餐厅一比，才知道的道理。"

"要比多少家?"

"听到有好的就要去试，从朋友的介绍，到饮食杂志的推荐，或从网上公布出来的意见得到资料，一间间去吃。吃到你成为茶餐厅专家，然后就可以试车仔面、云吞面、日本拉面，接着是广东菜、上海菜、潮州菜、客家菜，那种追求和那种学问，是无法穷尽的。"

"再来呢?"

"再来就要到外国旅行了，比较那边的食物，再回来，和你身边的食物比较。"

"那么一生一世也吃不完那么多了。"

"三生三世，或十生十世，也吃不完。能吃多少，就是多少。我们的社会，是一个半桶水社会，有一知半解的知识，已是专家。"

"可不可以把范围缩小一点?"

"当然。凡是学习，千万不要滥。像想研究茶或咖啡，选一种好了。学好一种才学第二种，我刚才举例的茶餐厅，就是这个道理。"

"你现在呢？是不是已经达到粗茶淡饭的境界？"

我笑了："还差得远呢。你没看过我的专栏名字，不是叫《未能食素》吗？那不代表我吃不了斋，而是在说我的欲望太深，归不了平淡这个阶段。不过，太贵的东西，我自己是不会花钱去追求了，有别人请客，倒可以浅尝一下。"

求精

……

地球上那么多国家，有那么多的食物，算也算不完。大致上，我们只可分为两大类：东方的和西方的，也等于是吃米饭的和吃面包的。

"你喜欢哪一种？中餐或西餐？"

这个问题，已不是问题，你在哪里出生，吃惯了什么，就喜欢什么，没得争拗，也不需要争拗。

就算中餐千变万化，三百六十五日，天天有不同的菜肴，而你是多么爱吃中餐的西方人，连续五顿之后，也总想锯块牛扒，吃片面包。同样，我们在法国旅行，尽管生蚝多么鲜美，黑松露、鹅肝酱那么珍贵，吃了几天之后总会想："有一碗白米饭多好！"

我们不能以自己的口味，来贬低别人的饮食文化，只要不是太过穷困的地方，都能找到美食。而怎么去发掘与享受这些异国的特色，才是作为一个国际人的基础。拼命找本国食物的人，不习惯任何其他味道的人，都是一些可怜的人。他们不适合旅行，只能在自己的国土终老。

做人有能力改变生涯，但他无法决定自己的出生。我很庆幸长于东方，在科技上也许赶不上欧美，但是对于味觉，自感比西方人丰富得多。

举一个例子，我们所谓的三菜一汤，就没有吃个沙拉、切块牛扒那么单调。

法国也有十几道菜的大餐，但总是一样吃完再吃下一样，不像东方人把不同的菜肴摆在眼前，任选喜恶那么自由自在。圆桌的进食，也比在长桌上，只能和左右及对面人交谈来得融洽。

说到海鲜，我们祖先发明的清蒸，是最能保持原汁原味的烹调。西方人只懂得烧、煮和煎炸，很少看他们蒸出鱼、虾、蟹来。

至于肉类和蔬菜，生炒这个方法在近年来才被西方发现。“炒”（stir-fried）这字眼从前没见过，我们的铁锅，广东人称之为“镬”，他们的字典中没有这个器具，后来才以洋音“wok”安上去的，根本还谈不到研究南方人的“镬气”，北方人的“火候”。

炖，西方人说成“双煮”（double boiled），鲜为用之。所以他们的汤，除了清汤（consomme）之外，很少是清澈的。

拥有这些技巧之后，有时看西方的烹调节目，未免不同意他们的煮法，像煎一块鱼，还要用把汤匙慢慢翻转，未上桌就已经不热了。又凡遇到海鲜，一定要挤大量的柠檬汁去腥等，就看不惯了。

但东方人自以为饮食文化悠久和高深，就不接触西方食材，眼光也太过狭小。最普通的芝士，不能接受就是不能接受，这是多么大的一种损失！学会了吃芝士，你就会打开另一个味觉的世界，享之不尽。喜欢他们的鱼子酱、面包和红酒，又是另外的世界。

看不起西方饮食的人，是短视的。这也和他们不旅行有关，没吃过人家好的东西，怎知他们多么会享受？

据调查，香港的食肆之中，停业最快的是西餐店，这与接触得少有极大的关系。以为他们只会锯扒，只会烟熏鲑鱼，只会烤羊鞍，来来去去，都是做这些给客人吃，当然要执笠[①]了。

中国人的毛病出在只求学会，而不求精。一代又一代的饮食文化流传了下来，但从没有什么大突破。

模仿西餐时，又只得一个外形，没有神髓。远的不说，邻近越南煮的河粉，汤底是多么的重要！有一家人也卖河粉，问我意见，我试了觉得不行，建议他们向墨尔本的“勇记”学习，但他们怎么也听不进去。虽然这家人的收入还是不错，如果能学到“勇记”的一半，就能以河粉一味著名，更上一层楼了。

我对日本人的坏处多方抨击，但对他们在饮食上精益求精的精神倒是十分赞同。像一碗拉面，三四十年前只是酱油加味精的汤底，到现在百花齐放，影响到外国的行业，也是从中国的汤面开始研究出来的。

西方和东方的烹调，结合起来一点儿问题也没有，错在两方面的基本功都打得不好，又不研究和采纳人家成功的经验，结果怎么搞都是四不像，fusion（融合）变成confusion（混乱）了。

一般的茶餐厅，也是做得最美味那家，生意最好。要开一家最

---

① 执笠：现多用于粤语中表示商铺破产、倒闭。

好的，在食材上也非得不惜工本不可。香港的日本料理，连最基本的日本米也不肯用，只以什么樱城牌的美国米代替，怎么高级也高级不来。白米饭一碗，成本多少，怎么不去想一想？

掌握了蒸、炖和煮、炒的技巧，加入西方人熟悉的食材，在外国开餐厅绝对行，就算炒一两种小餸①给友人吃，也是乐事。别以为我们的虾生猛，地中海里头都黑掉的虾比我们游水的美味得多，用青瓜、冬菜和粉丝来半煎煮，一定好吃。欧洲人吃牛扒，也会用许多酱料来烧烤，再加上牛骨髓，更是精细。我们用韩国的腌制牛肉方法生炒，再以蒜茸爆香骨髓，西方人也会欣赏。戏法人人会变，求精罢了。

懂得吃就懂得了分享

……

“你整天满脑子吃，吃吃吃吃，对人生有什么贡献？”小朋友指责。

“我并不想有什么贡献呀！”我说 。

“那做人，做来干什么？”

“吃呀！”我说，“喜欢吃东西的人，多数是好人。”

“这话怎么说？”

---

① 餸：粤语常用词，指下饭的菜。

“因为这些人已经没有动坏心思的时间。想吃，已经够他们忙的了。”我说，“他们不分国籍，应该组织一个老饕联合国，拼命耕耘，拼命吃，天下就太平了。”

“世界上还有那么多饥饿儿童，你在说什么风凉话？”

“骂得好。”我说，“但是我们年轻时也遇过饥寒交迫的日子呀，你们呢？”

小朋友不出声，想找理由反驳，最后说：“总要为那些儿童做点事呀！”

“捐捐款，除此之外，能做些什么？你会把身体化成面包，喂饱所有的人吗？”我说，“只要有一颗善良的心，已经算好。喜欢吃的人，多数不会太过凶残。”

“你们连濒临绝种的动物都要试一试，还不算凶残？”

“会吃的人，猪、牛、羊、鸡，已经足够，山珍野味的煮法不多，并不好吃。”

“你对吃那么感兴趣，是怎么开始的？”

“从好奇心开始。”我说，“我不只对吃有兴趣，对其他很多东西都感兴趣。感兴趣就研究，久而久之，累积了些经验，在比较中分出好坏，仅此而已。”

“但是看你吃，吃得不多呀！”

“有时候看到别人吃，也很高兴的。”

“我不明白。”小朋友说。

“这叫作分享。”我说，“你懂得吃的话，就明白了。”

追求更好

……

有个聚会要我去演讲，指定要一篇讲义，主题说吃。我一向没有稿就上台，正感麻烦。后来想想，也好，作一篇，今后再有人邀请就把稿交上，由旁人去念。

女士们、先生们：

吃，是一种很个人化的行为。

什么东西最好吃？

妈妈的菜最好吃。这是肯定的。

你从小吃过什么，这个印象就深深地烙在你脑海里，永远是最好的，也永远是找不回来的。

老家前面有棵树，好大。长大了再回去看，不是那么高嘛，道理是一样的。

当然，目前的食物已是人工培养，也有关系。

就算难吃也好，东方人去外国旅行，西餐一个礼拜吃下来，也想去一间蹩脚的中餐厅吃碗白米饭。洋人来到我们这里，每天鲍参翅肚，最后还是发现他们躲在快餐店啃面包。

有时，我们吃的不是食物，是一种习惯，也是一种乡愁。

一个人懂不懂得吃。也是天生的。遗传基因决定了他们对吃没有什么兴趣的话，那么一切只是养活他们的饲料。我见过一对夫妇，每天以公仔面维生。

喜欢吃东西的人，基本上都有一种好奇心。什么都想试试看，慢慢地就变成一个懂得欣赏食物的人。

对食物的喜恶大家都不一样，但是不想吃的东西你试过了没有？好吃或不好吃，试过了之后才有资格判断，没吃过你怎知道不好吃？

吃，也是一种学问。

这句话太辣，说了，很抽象。

爱看书的人，除了《三国演义》《水浒传》和《红楼梦》，也会接触希腊的神话、拜伦的诗、莎士比亚的戏剧。

我们喜欢吃东西的人，当然也须尝遍亚洲、欧洲、中东和非洲的佳肴。

吃的文化，是交朋友最好的武器。

你和宁波人谈起蟹糊、黄泥螺、臭冬瓜，他们大为兴奋。你和香港人讲到云吞面，他们一定知道哪一档最好吃。你和台湾人的话题，也离不开蚵仔面线、卤肉饭和贡丸。一提起火腿，西班牙人双手握指，放在嘴边深吻一下，大声叫出：“唔——”

顺德人最爱谈吃了。你和他们一聊。不管天南地北，都扯到食物上面，说什么他们妈妈做的鱼皮饺天下最好。

全世界的东西都给你尝遍了，哪一种最好吃？

笑话。怎么尝得遍？看地图，那么多的小镇，再做三辈子的人也没办法走完。有些菜名，听都没听过。

对于这种问题，我多数回答：“和女朋友吃的东西最好吃。”

的确，伴侣很重要，心情也影响一切，身体状况更能决定眼前的美食吞不吞得下去。和女朋友吃的感觉最好，绝对不是敷衍。

谈到吃，离不开喝。喝，同样是很个人化的。北方人所好的白酒，二锅头、五粮液之类，那股味道，喝了藏在身体中久久不散。他们说什么白兰地、威士忌都比不上，我就最怕了。

洋人爱的餐酒我只懂得一点皮毛，反正好与坏，凭自己的感觉，绝对别去扮专家。一扮，迟早露出马脚。

应该是绍兴酒最好喝，刚刚从绍兴回来，在街边喝到一瓶八块人民币的太雕，远好过什么八年、十年、三十年。但是最好最好的还是香港天香楼的。好在哪里？好在他们懂得把老的酒和新的酒调配，这种技术内地还学不到，尽管老的绍兴酒他们多的是。

我带法国最著名的红酒厂厂主去试天香楼的绍兴酒，他们喝完惊叹东方也有那么醇的酒，这都是他们从前没喝过之故。

老店能生存下去，一定有它们的道理，西方的一些食材铺子，如果经过了非进去买些东西不可。

像米兰萨卢马奥（Il Salumaio）的香肠和橄榄油，巴黎馥颂（Fauchon）的面包和鹅肝酱，伦敦福南梅森（Fortnum & Mason）的果酱和红茶，布鲁塞尔歌帝梵（Godiva）的朱古力，等等。

鱼子酱还是伊朗的比俄国的好，因为抓到一条鲟鱼，要在二十分钟之内打开肚子取出鱼子，上盐，太多了过咸，少了会坏，这种技术，也只剩下伊朗的几位老匠人会做。

但也不一定是最贵的食物最好吃，豆芽炒豆卜，还是很高的境界。意大利人也许说是一块薄饼。我在那不勒斯也试过，上面什么材料也没有，只是一点番茄酱和芝士，真是好吃得要命。

有些东西，还会从最难吃的变为最好吃的，像日本的所谓什么中华料理的韭菜炒猪肝，当年认为是咽不下去的东西，当今回到东京，常去找来吃。

我喜欢吃，但嘴绝不刁。如果走多几步可以找到更好的，我当然肯花这些工夫。附近有家藐视客人胃口的快餐店，那么我宁愿这一顿不吃，也饿不死我。

“你真会吃东西！”友人说。

不。我不懂得吃，我只会比较。有些餐厅老板逼我赞美他们的食物，我只能说：“我吃过更好的。”

但是，我所谓的“更好”，真正的老饕看在眼里，笑我旁若无人也。

谢谢大家。

做小贩的秘诀

……

经济低迷的今天，减薪的减薪，裁员的裁员，我们打工仔能做些什么？

当小贩去吧。

“什么？文员不干，做小贩，你开玩笑？”朋友说。

“绝对不是闹着玩的，当小贩有什么不好？如果成功的话，那些钱赚到你发笑为止。”

我曾经观察过新加坡街市中的一档炒螃蟹店铺，四个人合作，一个剖蟹、一个炒、一个接单收钱、一个包裹送货，除去人工和原料，一天的纯利最少有一万港币，一个月就有三十万港币的收入。

“那要做得出名才行。”朋友说。

当然啦。这家人旁边也有几档炒螃蟹，客人稀少，但他们的门前却排长龙，不少要等一个钟头才有得吃。

“说来容易，怎么出名?”朋友又问。

原理也很简单，绝不偷工减料。

像香港的那家九记牛腩，那么一大锅的肉，熬一大锅的汤，哪里需要加味精?

九记的架子可真大，生意爱做才做，不是每天都开档。地方也不容易找，寻上门的客人乘奔驰宝马，好吃就是好吃嘛，哪愁没有客人？东西卖完了就收档，乐得轻松。

“这么简单的事为什么不是人人做得到?”朋友再问。

金钱的引诱是惊人的，有些店生意一好，就拼命在汤里加水。汤淡了，下味精呀。每一碗都是花花绿绿的钞票呀！多卖一碗是一碗。

失败从第一次在汤中加水开始。

短短的几个月里，空铺子一间间出现，租金减半了又减半，从前要在旺区找一个地方都难，现在你只管挑选好了。至于人工，更是低贱，摆架子的楼面①当今都很客气，大师傅也满街是，看你要做什么生意罢了。

“是的，卖些什么?”朋友说。

“卖你自己喜欢吃的东西呀!”

小时候试过的一些菜，长大了吃不到，非常怀念，像猪油，那么就去卖猪油面吧。当年的椰子雪糕，是多么香，多么滑，卖雪糕去呀!

---

① 楼面：粤语词汇。指在餐厅、酒楼提供服务的工作人员。

我一直提倡的是：与其保护濒临绝种的动物，不如保护濒临绝种的食物。

当年的美食，多得一箩箩，现在吃不到了，不如将它们重现，自然出现知音。

东西一做得好，口碑一传十，十传百，各家大报馆都有饮食版，图文并茂，他们还苦于找不到地方来介绍呢！只要你肯花心机去做菜，找你做访问的人不绝。这还不包括外国的周刊呢。

像糖朝甜品店，在日本已经出了名，许多女游客都会拿着一本杂志摸上门，根据内容的介绍点东西来吃。九龙广东道的店铺挤满本地客和外来客，现在又在铜锣湾总统戏院附近新开了一家，生意哪愁做？起源就是老板自己喜欢吃糖水，以细心手磨核桃糊见称。

像湾仔码头的臧姑娘，她现在的水饺在各大百货公司、超级市场皆有出售，还从香港内销到北京去。美国大公司也来找她，投资巨款设厂大量生产。

旺角的乐园牛肉丸，做出来的牛肉丸一咬就知输赢，汤底更是花长时间熬出来，一碗粉面卖得比别人家贵几块，还不是照样排长龙。

市道不好，高级食肆反而暗暗叫苦，但是这些平民化的店铺生意不减反增，有什么话说？

有一次我想做将食物浓缩的生意，但是有位老前辈劝我，将大的东西变小，赚不了几个钱，把小东西变大，才是秘诀。像茶餐厅，一点茶叶，一点咖啡粉，变成上百上千杯，就是一个例子。

说得一点儿也不错，一般食肆最多做平价的早、午、晚三次的生意，但是茶餐厅是垂直的，不停地从早做到晚，当然更好赚，所以开得那么多。

问题出在没有明星食物，都是配角，如果这家茶餐厅把鱼蛋当主角，做得特别好，又另当别论。像在土瓜湾发迹的德昌，有了出色鱼蛋的吸引，买卖就比只做公仔面的茶餐厅强得多，现在德昌雄心勃勃，一家开完又一家。

起初，总得挨一轮，只求打和已经很好了，反正自己还有一份薪水，岂不是比上班更有机会出头？

像在老正兴当楼面的老友，自己出来开了一家叫闽江春的小店，一家人辛辛苦苦，但其乐融融地做，现在也是给他们挨出头来，除了人工，还有利润。

“有一天，我一定要开一家餐厅！”

这是爱吃的人的理想，就像爱书的人都想开一家书店一样，但是大家都没有做成。

为什么？因为没有开始呀！

还是那套老理论：“做，成功率五十巴仙；不做，成功率等于零。”

从今天做起吧，做什么也好过投资在房屋或者股票上面。就算做了不成功，至少自己可以好好吃一顿，也能请好朋友好好吃一顿，何乐不为？

吃是一种生活态度

……

从此，好吃的小贩食物一件件消失。你去找，还是有的，但是，却只有其形而无其味，吃什么都是一口像发泡胶的东西，加上一口味精水。

因为大家不要求，没有了要求，就没有供应，美食是绝对存在不下去的，剩下的只是浮华的鲍参翅肚，这些食材，也慢慢地被吃到绝种。

“你会吃，你去提倡呀，你去保留呀。”友人说。没有用的，大趋势，扭转不过来。有句话叫，打不过，就去加入他们吧。我看今后，也只有往快餐这条路去走了。

但是，尽管有糊口求生的，也可以吃得优雅。

我还是对年轻人充满希望，我相信他们其中，一定有人对自己有要求，对生活的质量有要求，不必跟随别人怎么走。

先得提高自己的独立思想，管别人会不会吃，自己会吃就是了。但是，鲥鱼、黄鱼等已经一种种灭绝，那也不要紧，就像我在印度的山上，一个老太婆每天煮鸡给我吃。我吃厌了，问她说；“有没有鱼?”她说：“没有，鱼是什么?”“啊，你不知道鱼是什么，我画一条给你看看。”老太婆看了，说：“啊，这就是鱼？样子好怪。”

我骄傲地说：“你没有吃过鱼，好可惜呀！”

“我没有吃过，又有什么可惜呢？”老太婆回答。

是的，年轻人说：“我没有吃过鲥鱼，我没有吃过黄鱼，又有什么可惜呢？”

在我短短的几十年生涯中，已看到食材一种种消失，忽然之间，就完全不见了，小时候吃的味道也一样，再也找不回来。

为什么？理由非常之简单，年轻人没有试过，不知道是怎么一回事，不见就不见，不是他们关心的事，只要有游戏机打，吃什么都不重要。

城市生活的富裕，令到子女不必像父母那么拼命，他们对食物不担忧，也不必考虑有没有地方住，反正爸妈会留下来，干什么那么辛苦？

连街边小贩的生活也逐渐改变，有了储蓄，就想到退休，说实在的，每天干活，一天十几个小时，脚也生了毛病，忽然有一批新移民涌了进来，他们也要找点事做，啊，就把摊子卖给他们吧！

你卖给我，我不会做呀！容易容易，煮煮面罢了，又不是什么新科技，你不会做，我教你好了，三天就学会，不相信你试试看。

试了，果然懂得怎么做，真聪明，我早就告诉你很容易嘛，你自己学会了，可以自己去赚。

基本上的东西是不会绝灭的，一碗好的白米饭，一碗拉得好的面，总在那里。

今后的食物，只会越来越简单，但是，我们总得要求吃得好，吃得精。什么地方的菜最好，什么地方的面最好，一种种去追求，一种种去比较，一比较就知道什么地方的最好。

满汉全席已经消失，西方帝皇式的盛宴也不会再存在，大家都往简单和方便的路去走，也许今后会有人将之重现，但不吃已久，也不知道怎么去欣赏了，年轻人的味觉正在退化，但是我希望年轻人对生活的热情不要消失。

回到基本吧，一碗白米饭，淋上香喷喷的猪油，是多么的美味！

什么？猪油，一听到已经吓破了胆！

但是，越来越多的研究表明猪油比植物油健康，怕什么呢？你们怕，是因为你们没有洗过碗，一洗碗就知道了，猪油的一冲热水就干干净净，植物油的，洗破了手皮，也是油腻腻的。

已经用洗碗机了，有些人这么骂我，但我说的是一种精神，猪油是好吃的，猪油是香的，像我早已说过几十次，几万次一样。

也像我说的，鲑鱼刺身别去吃，有虫的。大家不相信，现在吃出了毛病，又怪谁呢。

我们年纪大了，吃的东西越来越简单，所以有变成主食控这个讲法，其实，年轻人也是主食控，不过他们的主食变成火锅而已。

穷凶极恶地吃，这个年代总会过去的，花无百日红，经济也不会一直好下去，衰弱的日子总会来到，等到这么一天，大家都得逼迫自己去吃简单的白米饭，去吃一碗面条。在这种时候没有来到之前，我们做好准备吧，至少，心理上，我们要学会节制了。

简单之余，要求精。煮饭的时间要控制得准，米饭一粒粒煮得亮晶晶的，面条要有弹力，要有面的味道。

吃，是一种生活态度，一种热情，其他的可以消失，但是热情不可以消失。

快餐车

……

市道不好，小贩就出现了。找不到工作，有什么比摆摊做点小买卖更好？

日本经济泡沫一破，已有十多年了，大家想尽办法求生，现在他们搞所谓的流动贩卖，就是我们的“快餐车”。

我对这种经营手法甚感兴趣，十几年前与洪金宝和成龙一起到西班牙，拍的也是以快餐车为主题的电影。

当今日本流行的车子，一辆卖十万多港币，车内设备齐全，有炉有灶，不过这种车一卖到其他地方就要贵得多了。

很赞成当小贩这回事儿，百花齐放，多好！在泰国，我们的摄影队去到哪里，哪里就有小贩出现，像群蚂蚁。政府照顾民生，放条生路。

小贩真的好像政府所说那么不干净吗？我们也经历过小贩年代，还不是好好的活了下来？看别的都市，像台北，小贩多得不得了，横街小巷中总有一两档，不见他们吃出毛病。

日本的这种快餐车做法台北早已兴起，在办公室和学校附近出现，客人围着它，吃便宜的早餐或中饭，花样极多，岂不比在超级市场买盒饭更热辣辣[①]？

---

① 热辣辣：粤语词汇，形容天气、食物很热或某些事物非常热烈、充满活力和新鲜感。

当然在日本也需要牌照才可经营，但是手续简单，一领必到，停车场也欢迎它们，收个费用，泊满各式的快餐车，整个地方热闹起来。试想如果香港也这么做，海运大厦六楼天天变成嘉年华，连商场的生意也带旺。

我们快餐车式的买卖，限制在那仅存的一两辆雪糕车，政府不再发牌照了，当今经济最困苦，是否可以重新考虑改变政策呢？

小贩名副其实的从“小”起家，也许有一天成为超级市场的老板。凡事都有一个开始，只要花心思，服务有水平，东西好吃，一定能成功，如果领到牌照，我也想去买一辆玩玩。

喝酒的礼貌

我们是过年后方举行春茗。日本人却在过年前请生意上来往的人，叫“忘年会”。

这期间最常见的是街道上的醉汉，有的睡在车站，对于铁路人员，是一场噩梦。

醉酒的人最不喜欢被人叫醒，所以铁道局派发一本小册，教工作人员怎么做。首先，不可以站在他们面前。第二，不可以去摇他们，否则他们一醒来变得非常暴力，一拳飞来。去年东京都就有三百三十宗这种伤人案件。

香港人喝醉，就回家去。日本人那么有礼貌，怎么会在街头出丑？这是友人经常问我的问题。他们的礼貌，到哪里去了？

答案要从酒这个字去找。酒，是米酿的。

在农业社会中。米，代表了权力。让一个人喝酒，代表接受他进入权力的圈子。长辈赐酒，是一种荣誉，不会喝也要喝下去，醉，是必然的结果。

喝完酒后骂上司，通常也会被接受。这是下属唯一发泄的机会，还不趁“忘年会”发作吗？醉后骚扰女同事，也被认为是常事：“他喝醉了，平时不会那样的。”

一个棒球明星喝完酒在酒吧殴打妈妈桑，闹上警局。警方没有告他，要等到狗仔队在杂志上揭发，图文并茂，警察才插手，这是两个星期后的事了。

所以日本人根本不懂得什么叫喝酒的礼貌。因为遵命干杯，本身就是一种礼貌。

为了一碗白米饭

……

你想一想，人一生中吃得最多的食物是什么？我们是中国人，当然是米饭啰！

既然吃那么多次，可不可以偶尔吃碗最好的呢？

“但是最好的米，很贵呀！”有人说。

贵不贵得过蒸一条好鱼？贵不贵得过买一双跟着潮流，但只穿几次的鞋子或衣服？

不贵，不贵，好米一点儿都不贵。

而且，我们身为忙碌的香港人，多数在外边吃饭，餐厅只注重菜式，饭并不讲究，没有一家中餐厅肯给你好米吃。

什么是好米？在日本料理店炊出来，粒粒晶莹剔透，肥肥胖胖，甚是诱人，香喷喷的想吞他三大碗。那么去买日本米好了，有这个市场，高级超市都卖日本米。

一说日本，就想到新潟的“越之光”。“越之光”有多种，要买鱼沼市，又要南鱼沼才公认为好。其实日本各地都产米，从南部熊本的“秋胜”、福冈的“梦作”，到中部德岛的“熊井”、长野的“本岛平米”，到北部北海道的“七星”和“北海道美人”，都是数得出的名牌。

最近我常去吃螃蟹的福井县，也派人来宣传。而好米一定有好酒，用当地米酿制的Ichihomare，要我替他们取一个汉字的名，我说直译可也，叫“一誉”。

也别以为花钱买日本米，煮出来的饭一定好吃，米也分旧米和新米，贮藏了一年，米味逊色得多，所以买日本米时，要看清楚生产日期。

日本米的煮饭技术很重要，得先用水浸二十分钟再炊，电饭煲也得注意，用个便宜的就糟蹋了。友人买了一个一万多块的东芝电饭煲，我问他用什么米，回答说普通的，那么，一辈子也煲不出好饭。

世界的产米区很多，全球每年生产六亿吨米，泰国、印度尼西亚近赤道地区，一年可以有三造。越南更厉害，有四造，但打仗破坏了农地，反而要从邻国输入。日韩、北美、欧洲等四季分明，则只有一年一造。

意大利米也肥肥大大，很好吃，但意大利人从来不用“炊”这个字，他们是一边炒一边加水炮制出来，又加黄油又添芝士，和西班牙、葡萄牙的大平底锅饭一样，当菜吃多过当饭，硬一点没有问题，反而叫弹牙。

印度生产的米种类多，出众的是长形的basmati米，用香料腌和羊肉煮后，再放进小银锅蒸到入味，极好吃，但天天食用的话，当然还是我们中国人的白米饭最佳。

说到中国米，最好的还有台湾的蓬莱米，以台东池上种出来的为佳。蓬莱米每年都举办比赛，用科学方法检验质量及营养，胜出的叫"冠军米"，一连三次得奖的是三冠米，一个叫林龙星的人种的是首选。

香港人吃的不是中国米，而以泰国米为主，泰国米有些带香气，来自柬埔寨的更有茉莉香，出名的是Happy Harvest。

老一辈人还吃香港本土米，现在仍有得卖，其中有油粘米、塱原象牙粘米、鹤薮珍珠米和二澳米，用个平底乞丐陶钵来煮，然后淋上猪油，特别美味。

我本人什么米都吃，只要好吃就是，不一定是什么地方的米。我一向吃日本米，除了新潟南鱼沼米之外，最爱吃山形县的"艳姬米"，这个名字是我改的，买时可认定商标上有个"姬"字，而艳字来自日本字的Tsnya，可解作发光的意思，故以艳为名，当地的政府还邀请我出任品牌大使，香港的City'super①可以买到。

后来，钟楚红有一个非常爱吃白米饭的朋友，大家都昵称她为

---

① City'super：是一家港资百货超市，以高档商品为主，主要售卖外国进口食品、文具商品、化妆护理用品及家庭用品等。

"饭桶"，好在"饭桶"有一位爱她的丈夫，为她在五常买了一块农地，确实是没有施过农药的，米种也不经基因改造，选最佳水源种出再给她享用。钟楚红送了一些给我，一吃，惊为天物，原来我们中国本土的米，在比较之下，是我吃过最好的米，也就少吃日本的了。

"饭桶"让了一些米给钟楚红，我们请了名家设计，用一幅印有钟楚红的画（由苏美璐绘），脸红红地抱着一碗白米饭，名叫"阿红大米"，在网上出售。

吃过的朋友无不赞好，我们选的又是最高级的，产量极少，内地的米要输入香港又是一大问题，所以只能在网上售卖。今年，产量增加，我们更会进一步压低价钱来卖，务求令大家都吃到最好的白米饭。

用了这种米，最佳吃法当然是淋上猪油，炮制一碗猪油捞饭来怀旧，真的是美味。但有些人怕猪油，其实用橄榄油也行，就等于是斋菜了，其香味及品质不变，但要用好酱油，"老恒和"的太油，也是我比较过所有的酱油中——包括日本的——最高级的。

用个大陶钵，加肉加鱼加菜，煲出一大锅菜饭，也是一流，煲得久一点，煲出饭焦来，更诱人。

吃剩的菜，铺在饭上，就像上海人吃面时的浇头了。日本人的"丼"，也是这个道理，可以在超市买海胆、刺身、鲑鱼子等铺在上面。

来，大家吃一碗好米饭吧，贵一点就贵一点，千万别亏待自己。

吃半饱足以

……

好吃的东西写得太多了，来点不好吃的吧。但当你肚子饿的时候，天下哪有不好吃的东西？

已到截稿日期，非写不可，马上跑进厨房，从冰箱中找出昨天吃北京烤鸭时剩下的鸭架，斩了件，整棵大白菜放入锅中滚汤。再来六分肥四分瘦的碎肉，马蹄切粒，加入天津冬菜，其他调味品不用，包了些馄饨，在鸭汤中煮熟了，吃一个大饱，就可以开始写稿了。

鸭肉还是可口的，但鸡肉已经被养殖得没有味道，我最不喜欢吃鸡肉了，其他肉类：猪、牛和羊，都有个性，只有鸡没有，最乏味了，尤其是白切鸡，要吃的话，总得蘸浓稠的海南酱油，不然用玫瑰露和糖，做个豉油鸡，其他的，熬汤也嫌不够甜，除非是放养田野的老母鸡。

鱼也是，野生的愈来愈少，尽是一大堆养殖的，菜市场中的黄鱼，买回来一洗，竟然洗出黄水来，从前多到把黄浦江染得一片金黄的鱼群，当今被吃得几乎绝种，很难得高价买到一尾野生的，回来加姜丝和醋滚个大汤黄鱼，那才吃得过瘾呀。

湖中的大闸蟹，正合时宜，但已愈养愈无味，吃完用水一冲，手上一点味不留，从前三天也洗不去味道的日子，不复存在。一条街上每家每档都卖大闸蟹，对我来说一点吸引力也没有。大闸蟹，现在已被我列入难吃的东西之中，不再去碰。

最恐怖的是那些大量养殖的虾，冷冻到虾身半透明，肚子饿时叫了一碟炒饭，看到饭里的半透明虾，一尾尾捡了出来，这种比发泡胶更乏味的东西，怎能下咽？曾几何时，那些肉有弹力，一嚼之下满口甜味的鲜虾，已经消失。

连猪肉也变得有一股臭味，为什么？一问之下才知道，从前在本地饲养，或者从附近地区运来的猪，已经改为从河南河北一卡车一卡车载来，途中各自的排泄物乱吞，又受惊吓而产生的异味，令到猪肉也吃不下去了。到超市去买欧洲的黑毛猪吧，西方人也因注重健康而把肥肉养得愈来愈瘦。猪不肥，哪里好吃？免了，免了。

吃蔬菜吧，当今的芫荽已经基因变种，从前称为香菜的，当今一股怪异的味道，是臭吗？也不是，不香不臭，一点个性也没有。怀念从前的鲩鱼芫荽汤，把鲩鱼切片，等水滚后放入，再下大量芫荽，煮出来的汤是碧绿的，那才叫芫荽汤呀。

连番茄也变种，样子愈来愈好看，个头愈来愈大，但一点番茄味也没有，不如买瓶亨氏（Heinz）番茄酱，什么菜都乱淋一番吧。

真是搞不清楚为什么当今的儿童那么爱吃麦当劳，因为有玩具送吧？那种流水作业的产品，只能填饱肚子，或者是下大量的Heinz番茄酱才好吃吧？我一向爱新事物，爱尝新口味，潮流是跟得上的，但因为有了麦当劳而造成代沟，那么我与你是有代沟的。

来片比萨吧，那是最不健康、最难吃的东西，为什么变成当今世界流通的美食？有些人说当中下了芝士，能吃出香味，那为什么不干脆吃芝士，而要附带地吞下这些垃圾饼皮呢？

所有垃圾食物，一油炸就香了，所以产生了肯德基。要吃油炸的，为什么不吃天妇罗？日本天妇罗的概念，不叫炸，叫把东西由生变熟，天妇罗的食材，是可以生吃的才行，鱼虾都能当刺身的新鲜度，才是天妇罗。

年轻人对油炸的东西总是抗拒不了，吃不起天妇罗，吃油条去吧，别把冷冻得无味的食材炸了就算，厚厚的浆，炸成厚厚的皮，要吃皮不如吃油条，至少松化。

好食材消失后，只有把原形转化，因此，产生了所谓的分子料理，吃什么不像什么，靠样子和颜色来欺骗你的味觉，骗人骗得多，自己也惭愧，所以发明分子料理的人不再做了，留给那些三流四流的厨子去继续骗人。

还有一种料理，那就是画碟子了，用各种颜色的酱料在一只大碟上画了又画，这就是高级法国餐了，各种味道的食材一小样一小样地摆放，如果没有一管小钳子把这些小东西钳起来再放上去的话，就不会做菜了。这就是所谓的米其林三星菜了，花了那么多钱，不好吃也得说好吃，一直在骗人，一直在骗自己。

什么时候，我们可以返璞归真呢？太迟了！海洋被污染，大地被化肥危害，想好好地吃一碗好米饭的机会也没有了。五常米用了大量的杀虫剂，种植出一排排、肥肥胖胖的大米，但是种这些米的农民自己也不敢吃，只吃那些杂乱无章种出来的米，他们偷偷笑，留着自己吃。

一切美味都消失后，但要活下去，还是要照吃的，人类变痴肥、患癌症的例子愈来愈多。

这个世界，没有希望了吗？

只有愈吃愈少，一碗饭，几片面包，淋上最好的酱油，还是能饱腹的，呀！今天怎么那么消极？写的尽是这些令人绝望的文字？都是因为刚才已经吃得饱饱的，人一饱，就消极了，今后只吃半饱吧！

第五章

回首往事，再苦也甜

学生和朝九晚五的白领，有一个共同点，那就是大家都最讨厌星期一。

流学生

……

我们家里挂着一幅很大的画，是刘海粟先生的《六牛图》。“像我们一家，”爸爸常对我说，“你妈和我是那两只老的，生了你们四只小的，转过屁股不望人的那只是你，因为你从来不听管教。”

“你更像一匹野马，驯服不了的那一匹，宁愿死。”妈妈也常那么骂我。

“他的反抗，是不出声的。”哥哥加了一句。

“没有一间学校关得住他。”姐姐是校长，口中常挂着学校两个字。

我自认并不是什么反叛青年，但是不喜欢上学，倒是真的。并非我觉得学校有什么问题，是制度不好，老师不好。喜欢的学科，还是喜欢的。

对于学校的记忆，愉快的没有几件。最讨厌是放假和放完假又做不完的假期作业。

大楷小楷，为什么一定要逼我们写呢？每次都是到最后几天才画符，大楷还容易，大字小字最好写，笔画少嘛。但那上百页的小楷，就算给你写满一二三，也写得半死。每次都担心交不出作业而做噩梦，值得吗？我常问自己。有一天，产生兴趣了，一定写得好，为什么学校非强迫我做不可？这种事，后来也证实我没错。

数学也是令我讨厌学校的一个很大的原因。乘法表有用，我一下子就学会了。但是几何代数，什么sin和cos的，学来干吗？我又不想当数学家，一点用处也没有。看到一个计算尺，就知道今后一定有一个机器，一按钮就知道答案，我死也不肯浪费这种时间。

好了，制度有它的一套来管制你：数学不及格，就不能升级。我也有自己一套来对抗：不升级就不升级，谁怕你了？

我那么有把握，都是因为我妈妈也是校长。从前没有ICAC①，学校和学校之间都有人情讲，我妈认识我读的学校的校长，请吃一顿饭，升了一年。到第二年，校长说不能再帮忙了，妈妈就让我转到另一家她认识的校长的学校去。校长认识校长，是当然的事。

所以我在一个地方读书，都是留学。不，不是留学，而是流学，一间学校流到另一间学校去，屈指一算，我流过的学校的确不少。

除了流学，我还喜欢旷课，从小就学会装肚子痛，不肯上学，躲在被窝里看《三国演义》和《水浒传》，当年还没有金庸，否则一定假装患癌症。

装病的代价是吃药，一病了妈妈就拉我去同济医院后面的杏生堂把脉抓药，一大碗一大碗又黑又苦的液体吞进肚里。还好是中药，没什么副作用。

长大了，连装病都不肯装了，干脆逃学去看电影，一看数场，把城市中放映的戏都看干净为止。爸又是干电影的，我常冒充他的签名开戏票，要看哪一家都行。

校服又是我最讨厌的一种服装。我们已长得那么高大，还要穿短裤上学，上衣有五个铜钮扣，洗完了穿上一颗颗扣，麻烦到极

---

① ICAC：香港廉政公署（Independent Commission Against Corruption，缩写ICAC）。

点，又有一个三角形的徽章，每次都被它的尖角刺痛，还不早点流学？

那么讨厌学校的人，竟然去读两间学校。

早上我上中文学校，下午上英文学校，那时我爱看外国片，字幕满足不了我，自愿去读英文。但英文学校的美术课老师很差，中文学校的刘抗先生画的粉彩画让我着迷，一有时间就跑到他的画室去学，结果我替一位叫王蕊的同学画的那幅粉彩给学校拿去挂在大堂的墙壁上，数十年后再去找，已看不到，幸好我替弟弟画的那张还在，当今挂在他房间里。

体育更是逼我流学的另一原因，体育课不及格也没得升级。我最不爱做运动，身高关系，篮球是打得好的，但我也拒绝参加学校的篮球队，和那群四肢发达、没头没脑的家伙在一块，迟早变猪猡。

浅谈学英语

……

“这个人，是好人，是坏人？”小时候看电影，常问姐姐。

当年也有中文字幕，是在银幕下面有条白色的阔幕，从幻灯片打出手写的中文来，不像现在的印在菲林[①]上。字幕当然是简译，

① 菲林：一般指胶片。

有时翻译者听不清楚，就干脆不打字幕，我当然看得糊涂。

生气，发誓要学好英语，听明白每一句原本的对白，所以早上到中文学校，下午上英文课。就是在这种情形下，学会英文的。

我的学习过程没有成龙那么悲惨，他未成名前跟着父亲到澳大利亚去，在餐厅里当三厨，职位是把各种食材选好放在一个铁盆里，方便大厨下锅炒。递给他的是一张英文的字条，他看不懂，哭了起来。

在公路上，他不知如何转弯，走了很多冤枉路，后来从每一个路名的开头字母学习，才找到出口。

在香港成名后去到荷里活①，嘉禾老板邹文怀先生为了要他学多一点英语对白，就不准经纪人陈自强跟去。成龙临行，向陈自强学了三个英文词。

“面包怎么讲?”

“Bread。”经纪人说。

“牛奶怎么讲?”

“Milk。”

“鸡蛋怎么讲?”

“Egg。”

Bread，bread，bread。Milk，milk，milk。Egg，egg，egg。成龙念了几遍，自信地说：“行了，我可以叫早餐了。”

到了荷里活，入住最高级的比弗利山酒店（The Beverly Hills Hotel），早上一下楼，走进餐厅，侍者恭恭敬敬前来。

---

① 荷里活：好莱坞（Hollywood），港译“荷里活”，位于美国加利福尼亚州洛杉矶市的一个世界闻名的电影城。

“Bread。”成龙说。

“Yes，Sir！（是的，先生！）”对方鞠躬。

“Milk。”

“Yes，Sir！”

成龙这下子可得意忘形了，向侍者下命令：“Egg！”

对方问：“How do you like it done，Sir？Scrambled？Fried？Poached？（要怎么做呢？炒？煎？煮？）”

成龙望着侍者，用英语回答说：“No egg（不要蛋）。”

今天由他口中讲出来，当然是笑话。经过苦学，他在短短的数年内，已能操一口流利的英语，就算是上名嘴大卫·莱特曼（David Michael Letterman）的访问节目，也回答得头头是道。

还有那章子怡呢，你可以不喜欢她，但不得不佩服她从一句英语也不会讲，到在一两年之内，她也能接受英语访问。

这证明了什么？证明只要肯学，一定会讲。当演员的也许在语言上有点特别的才华，但就算普通人，多点努力，照样能够掌握。

“那是他们在外国生活，逼得非讲不可，所以才学得那么快。我们周围的人都讲中文，不行的。”有人那么抱怨。

胡说八道！我一生人见过不少英语讲得好的人，都是在本土自学得来的，从来也没去过外国。

学会了讲，跟着看懂英文文字。多少报纸、杂志就出现在你眼前，无数的小说和社论就进入你的脑海中。学识带来了知识，是看世界的眼光。

“英文我不会，但也照样能沟通呀！我们的国家，只要用一种文字就够了。”日本人曾经那么说过。

他们怎么自大也好，一遇到外国人就避开，不是不友善，而是害臊。自卑感作祟，令到他们变得矮小。

我绝对不是崇洋，但是觉得英文不可不学，至少当今世界上的共同语言，还是英语。我们想多表达自己，就得多学几种，好处也不必多说了。

反正要学的话，就得学标准的。英语有多种，英国人讲的、美国人讲的、澳大利亚人讲的，都不同，像大兵英语最不好听，是二流英语。一口澳大利亚腔，每一句之间还夹着 mate（老友、同胞）的，更是九流。

标准的英语，是女王丈夫菲利普（The Prince Philip）的英语，他本身是希腊人，学的不是讨厌的伦敦腔。美国东部的英语也标准，像格利高里·派克（Gregory Peck）、格蕾丝·凯利（Grace Kelly）、奥黛丽·赫本（Audrey Hepburn）的。英国演员詹姆斯·梅森（James Mason）的英语极为动听，演莎士比亚剧的舞台演员约翰·吉尔古德（John Gielgud）更让人听出耳油。

要送子女到外国留学，我绝对赞同到英国去好过到澳大利亚。

英语难听起来，非常刺耳，像新加坡人讲的英语，多数是由潮州句子翻译过来的，土音甚重，但出人头地的人，却都可以讲一口漂亮英语，像李光耀就没有新加坡口音。

别以为学一种不同的语言是件难事，只要有心，就能学到。我已经不知道说过多少次，要学的话，最方便的办法就是先听。

买一套自己喜欢的电影，卡通片也好，动作片也好，放进 DVD 机内，看它几十遍，到了滚瓜烂熟的地步，英语自然冲口而出！

不相信？试试看你就知。

我这一生和假期无缘

……

学生和朝九晚五的白领，有一个共同点，那就是大家都最讨厌星期一。放假多好！玩一个够，但是那可恶的星期一，把我们拉进痛苦的深渊。

我也度过长期上班的日子，那种对假期的渴望是多么地强烈，令我决定一定要做一个不受固定时间束缚的人！一直朝这方向努力，终于成功。

当今，每天都是星期天，我就不觉得放假有什么珍贵了。虽然不必上班，也不算退休，我们搞创作的，没有退休这两个字，总会找些事来做。我现在的日子，忙过我上班的时候，一直觉得时间不够用。

我们的放假，就是我们死去的时候，写作人不会停笔的，问题在于有没有人要求他们来写，近来在专栏版上看到许多老朋友的文字，他们闲来总会动动笔。很少人能够像倪匡兄一样，说停就停。他说写了几十年稿，晚上做梦时，会出现一大堆格子，追着他讨命。他可以不写，是因为他的兴趣诸多，每天有不同的事做，上上网，已足够他忙的了。

我想向他学习，但是做不来，我不是外星人，而且，我的书不断地在国内出版，也有各个出版社要求我去做发表新书的宣传，几百个读者围上来，要我在书上签名，我每签一本，就看到花花绿绿的钞票，那是多么过瘾的事。

主要是我越老越爱钱财，因为我越老越会花钱，没有满足的一天。相命先生曾经说过，我花钱的本领比我赚钱的厉害。别人骂过，你这是劳碌命，我听了笑嘻嘻，不劳碌多无聊呢！

拜赐冯康侯老师的教导，令我学会写几个字，我当今一有空，还是不断地学写字，近年来对草书发生浓厚的兴趣，每天就算不拿起笔来练，也会多读草书的名帖。草书这种千变万化的造型，比什么抽象画都要好看。

又在各种机缘下，让我在荣宝斋开了一个书法展，而且销售得不错，现在香港的荣宝斋又邀请我去办一个。这也好，让我有多一点时间写多几幅。最近常作的是一些游戏的文字，也用草书写了忆老友，内容是黄霑兄的歌词《沧海一声笑》。另外用行书写《塞拉利昂下》和《问我》，地下又铺满一张张的宣纸，都是自己觉得不满意的，家政助理每天拾起来丢掉，不知道我这个疯子为何那么不环保。

买卖方面，我还是不停地研发新的产品，“抱抱蛋卷”在传统蛋卷里面加了葱蒜味道，吃过的人都说好。另外和上海的管家兄合作，推出“管家的面”，他是一个面条达人，生面做了一吨吨地拍卖，也被抢光。我叫他做干面，他说要研究研究，这一研究就是三年，我从来没有催促过他。

当今产品做了出来，面条只要放进滚水中煮两分钟，在碗中放入我做的猪油，捞出后拌一拌，再淋上我认为最好的“老恒和”酱油，便是一个天衣无缝的搭配，大受欢迎。

但为什么在香港买不到？这是我薄利多销的宗旨，一切用最好的材料，成本一定很高，“老恒和”酱油一小罐已要卖到人民币三百元，我们用的是小包，也不便宜，所以也只有用邮购的方式才有一点点的利润，如果在什么超市上架的话，对方至少要抽三成。我不想卖得太贵，也只有用邮购这个方式出售，而食品类是寄不到香港的。

目前正在开发的有英式甜点“shortbread”（黄油饼干），试了又试，扔了又扔，做这产品的是一位我在微博上认识的网友波子小姐，她差点儿给我弄得疯掉。

每一样产品都赚一点点，我常说的，有赚好过没赚，不亏本的话，已是乐事。

念头太多，时间很少，我根本没有办法停下来，老天还是对我很好，让我在冰上摔了一跤。小腿有两根骨头，粗的没事，细的那根裂了，至少要三个月才能长合起来，在医院休息了一阵子，终于可以实行我的另一个愿望，那就是写一个长篇。

虽然当今在家静养，但是也静不下来，我想我要去一个不受干扰的地方，才能完成。有什么好过去日本，一面浸温泉一面写呢？

每逢农历新年，一群和我到处旅行的朋友，一定要我举办新年团，农历新年有些人在正日要陪家人，有些要过了正日才有空，所以通常我会办两团。这次决定去新潟，这个一直被大雪封闭的乡下我很喜欢，别人回去后，我留在那里长住一段时间，才可以放自己一个长假。

但是什么叫假期？还不是每天喜做些事？我这一生，和假期无缘。

沐浴随想

……

谈起洗澡，唉，余生晚矣，如果能活于罗马时代，躺在池边，让奴隶们抹香油，再由美女把整串的甜葡萄喂入口中，那有多好。想到当年的葡萄品种原始，一定有核，连核吞下的感觉并不好受时，由梦中惊醒。

现实生活中试过的是各式上海澡堂，擦背功夫应该不逊鬼佬，总算有点安慰。

高级享受是泡日本温泉的所谓露天风吕，望着无际的枫叶，蔚蓝的天，脑中一片空白，让热水接触到每一个细胞，不羡慕神仙矣。

旅馆供应入浴用品，传统的地方给的是一块长方形的薄布，并非现代化的毛巾，把布浸在冰冷的水中，扭出水滴后叠合铺在头上，这么一来才不会让血流冲上头来，这是泡温泉的秘诀。

好旅馆应有侍者奉上一个扁平的木盒，盛着几瓶清酒，漂于池中，让客人一面聊天一面细酌。

在丹麦旅行时也试过当地的露天浴，记得是个晚上，仰天看着无污染的天空，数不尽的星星。侍者催促起身，被带到结冰的湖，钻了个洞，整个人浸进洞里，惊醒了全身的神经，随着跳起，这时候由身体发出的热量和外界冰冷的空气混合，形成一件蒸汽的衣服，白蒙蒙的，美得不能用文字形容。

张艺谋和巩俐告诉过我，他们有几十天不洗澡的记录，皆因缺水，这可理解。最不明白的是法国人不爱沐浴的心态。这么美好的过程，岂能忽略。

住在巴黎的女友环境不错，但除了花洒之外，就是那个涤洗局部的“比叻”。事后她叫我用，我才知道原来“比叻”是不分雄雌的。我笑说这是我见过的最小的浴缸。

也曾经去过纽约的旧公寓，发现浴池比洗脸盆大一点，是个四方形的东西，而且很高，要爬上去才能打坐式地入浴，但是水只浸到大腿罢了。朋友说这是犹太人的建筑物，我想他们是否也冲凉，最多用条毛巾擦擦身体，真是可怜。

认为现代生活的基本条件，是个浴缸，冲洗的是一天疲劳。

圆形的“惹库齐”由四道水管喷水，说是按摩全身，但有没有效的确是个疑问。泡浴缸应该是平和的，宁静的，并非四面八方的围剿。

这次在外国的酒店中，尝试了浴缸对面墙里镶着一台电视机，隔着防雾水的玻璃，好在没播什么精彩节目，不然的话一定泡到脱皮。

理想的浴室应是设于一间一千呎左右的房间之中，空空洞洞，不做摆设。中间放着一个古典式的搪瓷浴缸，下面铺着木地板，阳光由一边射入，透过窗框，在热水的蒸汽上形成几道光线，似幅沙龙作品。

但并不是每次入浴都有优美的环境，既来之则安之，可以保持清洁，已是福气。

儿时的浴室中置有一个大皮蛋缸，由水喉[1]淌水积满，缸上铺着块横木，放着把木勺，泼水冲之，虽然原始，但也是乐趣。

搬家时新屋有了花洒，倒圆锥形的器具上钻着许多小孔，一开水喉便有无数的水线喷出，的确是新奇的玩意儿，虽然只有冷水，已觉得生活质量改进得多。

开始有热水设备时，老觉得本来是一身汗的，冲完凉还是一身汗。直到那么一天，没有热水，一洗就感冒，人生的享受是提高了，但是身体更脆弱了。

出国到日本，根本就没有浴室，家中有间私人洗手间已经算是好待遇。

跟着邻居，拿一个小塑料桶，桶中放条毛巾、肥皂，便步行到公共浴室去。

经过寿司店，酒瘾发作，进去饮个两杯，和旁边坐的一个老头谈起天来，他感叹地说："唉，我见过无数的赤裸裸的人生。"

听了觉得这个老者谈吐富有哲学。

到浴室之后才知道他是看管澡堂子的，坐在高凳上望着男女两边出浴，怪不得看过那么多赤裸裸的人生。

浴室外写着个巨大的"汤"字，分"男汤"和"女汤"，日本的汤，做热水解释，我们习惯用在汤面的汤。走进去看到一个大浴池，跳了进去即刻跳出来，水热得烫人，泡在里面五分钟的话一定热出汤来。

多年的外景工作，我试过各种入浴体验。在印度的恒河边，和

---

① 水喉：粤语词汇，指水龙头。

群众一起泡在黄泥水里。韩国的深山中，以冰凉清澈的泉水洗澡，觉得可惜，这是用来沏茶的呀。

泰国乡下旅馆，冲花洒冲到一半，几十尾蜈蚣从出水的洞口倒爬出来，只好光着身体冲出走廊大声呼喊，旅馆女工哈哈大笑。

几个月下来，终于杀青，回到所谓的文明社会，第一件事便是租家大酒店好好地泡一个热水澡，洗呀洗呀，起身时看到浴缸壁上留着一道黑色的痕迹，毫不觉污秽，反而生出喜悦的成就感。

怀念吃盒饭的日子

……

电影工作，一干四十多年，我们这一行总是赶时间，工作不分昼夜，吃饭时间一到，三两口扒完一份盒饭，但有盒饭吃等于有工开，不失业，是一件幸福的事，吃起盒饭，一点也不觉得辛苦。

不怕吃冷的吗？有人问，我的岗位是监制，有热的先分给其他工作人员吃，剩下来的当然是冷的，习惯了，不怎么当一回事，当今遇到太热的食物，还要放凉了才送进口呢。

多年来南征北战，嚼遍很多地方的盒饭，印象深的是台湾盒饭，送来的人用一个巨大的布袋装着，里面几十个圆形铁盒子，一打开，上面铺着一块炸猪扒，下面盛着池上米饭。

最美味的不是肉，而是附送的小鳀鱼，炒辣椒豆豉，还有腌萝卜炒辣椒，简直是食物中的“鸦片”，当年年轻，吃上三个圆形铁盒饭面不改色，有剩的话。

在日本拍外景时的便当，也都是冷的。没有预算时除了白米饭，只有两三片黄色的酱萝卜，有时连萝卜也没有，只有两粒腌酸梅，很硬很脆的那种，像两颗红眼猛瞪着你。

条件好时，便吃“幕之内便当”，这是看歌舞剧时才享受得到的，里面有一块腌鲑鱼、蛋卷、鱼饼和甜豆子，也是相当地贫乏。

不过早期的便当，会配送一个陶制的小茶壶，异常精美，盖子可以当杯，那年代不算是什么，喝完扔掉，现在可以当成古董来收藏了。

并非每一顿都那么寒酸，到了新年也开工的话，就吃豪华便当来犒赏工作人员，里面的菜有小龙虾、三田牛肉，其他配菜应有尽有。

记得送饭的人一定带一个铁桶，到了外景地点生火，把那锅味噌酱汤烧热，在寒冷的冬天喝起来，眼泪都流下，感恩、感恩。

一年在印度某地拍戏，天天吃他们的铁盒饭，有专人送来，这间公司一做成千上万，蔚为奇观，分派到公司和学校。送饭的年轻小伙子骑着单车，后面放了至少两三百份盒饭，从来没有掉下来过一个。

里面有什么？咖喱为主。什么菜都有，就是没有肉，印度人多数吃不起，工作人员中的驯兽师，一直向我炫耀：“蔡先生，我不是素食者！”

韩国人也吃盒饭，基本上与日本的相似，都是用紫菜把饭包成长条，再切成一圈圈，叫为“Kwakpap”，里面包的也多数是蔬菜而已。

豪华一点，早年吃的盒饭有古老的做法，叫作“Yannal-Dosirak”，盒饭之中有煎香肠、炒蛋、紫菜卷和一大堆韩式泡菜（Kimchi），加一大匙辣椒酱。上盖，大力把盒饭摇晃，将菜和饭混在一起，是拌饭（Bibimbap）的原型。

到了泰国就幸福得多，永不吃盒饭。到了外景地，有一队送餐的就席地煮起来，各种饭菜齐全，大家拿了一个大碟，把食物装在里面，就分头蹲在草地上进食。我吃了一年，戏拍完回到家里，也依样画葫芦，拿了碟子装了饭躲到一角吃，看得令家人心酸，自己倒没觉得有何不妥。

到了西班牙，想叫些盒饭吃完赶紧开工，但工会不许，当地的工作人员说：“你疯了？吃什么盒饭？”

天塌下来也要好好吃一餐中饭，巨大的圆形平底浅铁锅煮出一锅锅海鲜饭来，还有火腿和蜜瓜，入乡随俗，我们还弄了一辆轻快餐车，煲个老火汤来喝，香港同事们问：“咦！在哪里弄来的西洋菜？”

笨蛋，人在西洋，当然买得到西洋菜。

在澳大利亚拍戏时，当地工作人员相当能挨苦，吃个三明治算了，但当地工会规定吃饭时间很长，我们就请中国餐馆送来一些盒饭，吃的和香港差不多。

还是在香港开工幸福，到了外景地或厂棚里也能吃到美味的盒饭，有烧鹅油鸡饭、干炒牛河、星洲炒米，等等。

早年的叉烧饭更讲究，两款叉烧，一边是切片的，一边是整块上，让人慢慢嚼着欣赏。叉烧一定是半肥瘦？怎么看出是半肥瘦？容易，肥的烧出来才会发焦，有红有黑的就是半肥瘦。

数十年的电影工作，让我尝尽各种盒饭，电影的黄金时代只要卖埠（卖版权的意思），就有足够的制作费加上利润，后来盗版猖狂，越南、柬埔寨、非洲各国的市场消失，香港电影只能靠内地市场时，我就不干了。

人，要学会一鞠躬，走下舞台。人可以去发展自己培养出的兴趣，世界很大，还有各类表演的地方。

但还是怀念吃盒饭的日子。家里的饭菜很不错，有时还会到九龙城的烧腊铺，斩几片乳猪和肥叉烧，淋上卤汁，加大量的白切鸡配的葱蓉，还来一个咸蛋！

这一餐，又感动，又好吃，盒饭万岁！

庐山烟雨浙江潮

……

每次上餐馆，看到厨师乱加珍贵食材，我就反感。

鱼子酱、鹅肝和黑白松露，已变为西餐三宝，去到什么高级餐厅，如果没有这三样东西，好像生意就做不下去了，点了拿出来的也只是些低级劣货，像鱼子酱都是咸死人，一点味道也没有的。鹅肝也不肥美，有时还拿鸭肝来冒充。客人吃不出来，有什么米其林星嘛，都大声叫好！黑白松露不合时宜，香气尽失时也够胆上桌，还有一些添了一点点意大利公司做的松露酱，就要卖高价。最可怜的是广东点心，与其加几滴什么味道都没的松露酱，不如放点石油吧，反正石油的气味更接近松露。

讨厌的土豪大厨更是俗气，把一大块匈牙利产的次等鹅肝硬塞在烤乳猪肉下面，大家一试都拍烂手掌，结果太过油腻，每个人回家都拉肚子。

近来西厨将日本食材捧上天去，大声小声尖叫："这是Umami!"这个日本字原来的意思是鲜，日本人从来不知鲜字，用了Umami代替，西厨学到这个发音，惊为天人，开口闭口Umami!

忽然，他们又学到一个新词，叫"Uze"。这个字从柚子得来，日本的柚子与我们的不同，是小若青柠的东西，从前放一小块在土瓶蒸里面提味，当今已变成了什么神仙调味品，不但酱油、辣酱，连冰淇淋里也加，像是一道魔法。

都给米其林害死了，一些给分的人根本不懂得日本菜的奥妙，近来有些日本大厨会讲几句英文，说给评委一听，就拼命加星了。

我们更是可怜，学西餐在碟上用酱汁画画，就称为什么意境菜、精致菜，我一看便倒胃口，那要经过多少只肮脏的手才完成的!

近年我愈来愈讨厌巴黎的法国菜，要吃三四个小时，等了又等，肚子一饿就啃面包，菜上桌已饱。法国的乡下菜一大锅一大锅煮出来还能吃得上，巴黎的不管有多少星，请我去吃我也不肯。

还是意大利菜随和，我可以吃上一两个礼拜不想尝中餐。法国的吃一餐，已要即刻躲进三流越南菜馆吃一碗牛肉河粉了。

读今天的*The New York Times*（《纽约时报》），旧金山出现了一个叫Dominique Crenn的女士，被誉为世界上最佳女厨师，我有兴趣去试一试吗？有的，如果我人在旧金山的话，但不会专程过去吃一餐。

太多了，全球名厨何止她一个？都去吗？免了，从前也许有这种兴致，当今吃来吃去，用手指去压压才知鱼煎得熟不熟的西餐太多了，真的不想吃了，如果吃过香港的蒸鱼，就已经足够了。

吃牛肉吗？西方的牛再好，也不够日本和牛软熟。但是和牛没什么牛味，还是美国的好，美国人说。那么你去吃吧，我去吃日本的，而且还要选三田牛才吃，不然那么一大块，单调得像传道士式的做爱，受不了的。

螃蟹呢？吃过了福井的越前蟹，其他日本的都不必吃了。韩国的酱油蟹，把白米饭混进蟹盖中，和肥美的蟹膏一起吃，也让人要流口水，不然吃中国的醉蟹，也满足矣。

什么都吃过了，没有东西引起我兴趣吗？也不是，世界之大，三世人也吃不完。某些特有的食材和做法，还是很吸引我的。

举个例子说，只在威尼斯和漳港产的一种蚌，中文叫漳港蚌，生长在闽江和东海交界处，用老母鸡加猪骨熬汤，然后把蚌肉拉出，顺着蚌肚片一刀，洗净，放入大碗中，然后用高汤将蚌肉烫熟就行，是我有兴趣去吃的。

另一种是以前年轻时在意大利旅游，经过电影《粒粒皆辛苦》中出现过的意大利产米地区，把米塞入鲤鱼肚中炊熟的饭，很多意大利人都没听说过，是我想再吃的，这次我去意大利，将会特别到这个地区去，再吃一次。

说起白米饭，我是吃不腻的，老了愈来愈注重白米饭的质量。吃日本米，就要吃新米，旧米香味尽失。中国的五常米并不输给日本米，煮起粥来黏黏稠稠，香到不得了。

有些米的质量并不高，但做法很特别，像越南岘港人，把米放进一个“二十世纪梨”般大的陶钵里面，烧熟后把陶钵打碎，取出四面都是香喷喷的饭焦来。喜欢饭焦的人吃了一定大叫过瘾，可惜做陶器的人少了，听说快要绝种了。另外，福州人把白米放进一个草袋中，挂于锅边炊出来，也好吃。

海胆也被西厨捧上天了，什么星级厨师的前菜都少不了海胆。加拿大人说："我们的海胆又肥又大。"对的，是肥，是大，但一点香味和甜味都没有，要吃海胆，还得到北海道去吃，名字难听，叫马粪海胆，其实最为甜美，当今已快被吃得绝种了，快去一个叫积丹的海边生剥海胆，吃过了就不想吃其他地方的了。

像苏东坡的诗"庐山烟雨浙江潮，未至千般恨不消。到得还来别无事，庐山烟雨浙江潮。""恨不消"这三个字对我来说已不再有兴趣，可以吃到什么就吃什么，是我当今的心态，真的没有什么大不了的了。

望乡

《楢山节考》的确拍得不错，也得了一个大奖。这部片子令我想起《望乡》，它才是我真正喜欢的日本电影。

《望乡》的原名叫《山打根八番馆》。八番，八号的意思，山打根八号门牌，是妓院。

故事叙述了一个社会工作者圭子，老远地跑到一个叫天草的乡下，因为她听说过在战前，当地有很多少女被卖到南洋去当妓女，而其中还有些活着，她想去访问她们。

经过重重困难，她找到了一个叫秀子的老太婆，孤单地生活在一个小房子里，只有一群猫和她做伴。

秀子起初对圭子很敌视，后来两个女人成了朋友，秀子才把当年做妓女的一段往事告诉了她……

故事虽讲妓女，却是部反战电影。它揭发了日本愚蠢地想侵略外国的政治污点，为被军人牺牲的普通日本人控诉，写出了他们的悲愤——在异乡死去后，坟墓还要背向祖国。

导演熊井启是一个高级知识分子。最初入行，是在日活公司当编剧，日活当时以动作片出名。日本电影的黄金时代，石原裕次郎主演的电影部部卖钱，公司也肯花制作费，为了拍一部叫《遥远天空下的梦》，先让编剧到外景地考察，于是熊井启被派到新加坡来。

我负责带熊井启到各处看外景。

一天，他忽然问："新加坡有没有日本人的坟墓？"

"有呀！"我想起在板桥神经医院附近，就有那些方块碑石，把他带去。

熊井启在日本人墓地前站了很久，陷入沉思。

"太平洋战争的伤痕未愈，日本又发动了经济侵略！"熊井启叹了一口气，"看历史，在明治初期，日本已在做这些坏事。军国主义者拼命抢外汇，什么大学眼药，什么仁丹，都是他们的杰作。最可怜的，是一群被逼良为娼的少女，她们由龟奴从天草岛、岛原半岛等地方送到山打根、马来亚、新加坡去卖淫。这个墓地里，躺着许多这种人，有一天，我一定要拍一部电影，为她们伸冤！"

熊井启后来由编剧升到场记、副导演。最后正式当导演，所拍之戏，大多数有点社会意识。

十年前，日本的一本很有分量的月刊《文艺春秋》发表了一篇叫《山打根之墓》的文章，描述天草老妓，作者是山崎朋子。熊井启读后很兴奋，他知道从前在新加坡许过的愿望有可能实现，马上跑去找山崎。

山崎说这只是一篇传记，很难成为有剧力的故事片，比方说写年轻时代的妓女，书中只有数行，怎么能够将这人物丰富起来？熊井启已有构想，他说老妓女年轻的戏一定要多加篇幅，在卖笑中也得到客人的爱情，但结果却被客人所出卖。不但如此，出卖她的人还有她的家属，还有她的国家。

多次的游说下，山崎终于同意把版权卖给熊井启。

他把这个计划和专做舞台剧的团体“俳优座”商量后，俳优座即刻赞成投资演员和一小部分的制作费。钱还不够，熊井启跑去找东宝，东宝一听是由一份社会工作研究资料改编的剧本，摇摇头。

熊井启的前两部戏为东宝拍的，也替他们赚了钱。三番四次地争取，答应了许多无理条件，东宝最后才同意出筹备费。

拿了这些钱，熊井启找了名编剧家广泽劳写剧本，广泽花了四个月时间交出作品。熊井启跑去山打根看外景，回家后怕东宝没有信心，把剧本改写数次，发表在《电影旬报》杂志上。

广泽劳看到后很生气，他不赞成导演把秀子年轻的戏加在里面，他说重点应该放在两个生活背景完全不同的女人上：一个是住在城市里的年轻知识分子，一个是饱受折磨没有受过教育的老娼妇。结果，广泽批评导演把自己的名字也放在编剧里，他把没经过修改的剧本刊登出来，特地声明这并非两人合写，而是自己的创作原本。

两个剧本我都读过，相差不太大，我赞成导演的选择。

这件事闹得风风雨雨，倒是带来好消息，东宝决定投资，片子顺利开拍。

俳优座在东京的六本木有个小剧场，栽培了许多优秀的演员。

这个团体的团员多数是读书人，由于公演的话剧赚来的钱并不多，他们中出了名的演员如仲代达矢去拍电影，片酬都交俳优座，毫无怨言，只拿低微的月薪，但有一个理想。

栗原小卷也是其中之一，当时她大红大紫。之前拍过《川忍》一片，为剧情所需，全裸演出床上戏，身材极美，俳优座建议她来演年轻的妓女秀子。

但是导演熊井启认为秀子年老后由巨星田中绢代演，如果用有名的栗原，形象就不容易融合，所以，选中了新人高桥洋子，栗原派去饰演社会工作者圭子。

全片最难讨好观众的就是这个角色，单独的戏给高桥洋子占去，与高手田中绢代演对手戏，又给田中吃得光光，但是栗原沉着应战，中规中矩，结果不过不失，这完全是因为她有一份热诚的工作态度。

高桥洋子就很突出。片中有一段戏是她在浴室中，偷听到她哥哥和嫂嫂的对话，他们是靠她用血肉换来的钱养活，但反而怕她是妓女而被同乡笑话。通常这种戏的处理是一哭二闹三上吊，但是导演让高桥洋子压抑着，在感情崩溃之前，把自己整个头浸在浴桶中，不让兄嫂听到哭声。

还有一场戏是在妓院中被出卖，天下着大雨，她裸着全身奔入院子痛哭，戏是那么自然和必需，删剪这场戏，是对艺术的阉割。

老年的秀子，由无懈可击的田中绢代扮演。在那肮脏的小屋中，两腿分叉地跪在榻榻米上，天下已经没有演员能做到那么入神。老妓女一生的苦难和波折没有令到她愤世嫉俗，田中的演出使她保持着一份天真，爱她那群猫，为不肯与她见面的家人祝福。她没有否定生命。

拍完了《望乡》，田中绢代筋疲力尽，她从来不向工作人员透露她身心的压力，片子拍完不久，她便死去了。

当时，她只是轻描淡写地说："最难演的，是和那群猫的对手戏。"

在日本做事时，我曾经跑到片厂去找熊井启。

他一看到我，紧紧地抓着我的双手："我的愿望，到底实现了，这是一件多么令人兴奋的事！"

我点点头。

"片子拍了，上映时能不能赚钱我不知道。"他笑着说，"我只知道我已经尽了力，拍了一部我喜欢的电影，一部对得起观众、对得起我自己的电影。"

"下一部呢，有什么计划？"我问。

"还不知道。"他说，"我在弄一个剧本，想拍日本人到中国去的故事。"

这个构想，后来就演变成他到内地去拍的鉴真和尚的戏。

我们走进厂棚去看一个山打根街道的布景。美术师走了过来，熊井启替我们介绍。

"你是由南洋来的，一看就知道这堂布景搭得很假，是不是？"美术师木村威夫问道。

我安慰道："还好。"

他摇摇头："现在的山打根也看不到那个时代的东西。我找了五十多本参考书，结果还是不像样。"

布景有一个圆形的跑道，我起初不明白为什么要这样搭。等了一会儿，导演开始叫临时演员试戏。

这一场，拍一大队日本海军，经过街道赶着去召妓的戏。只用三十多个演员，他们围绕着布景那个圆圈，跑了一圈又一圈，在镜头中看起来，就是一大支军队，至少有二百人，才知道布景师用的心机。

拍完后，熊井启又拉着我问长问短。

“不要做什么行政工作了！”他说，“你不如来跟我做副导演，拍一部好电影！”

我没有那么做，亦谈不上后悔，只是想当时要是和他干上了，生命一定会充实得多。

《望乡》上映，我看了流泪。

这部电影，正如我的好友曾希邦所说：“《望乡》令人重新想起电影原来可以是这么严肃的，这么美的，这么强烈的，这么有意义的。”

冷与忍

这几天香港冷得要命，抱怨吗？前阵子还说到了冬天热死人呢，又不是只有香港冷，就忍一忍吧，过了就没事的，香港人都习惯了，你看家里有多少人装着暖气设备呢？是的，过了就没事，人是很会忍的。

记得当年那个南洋小子，第一次去到东京，住在新宿的一家叫“本阵”的旅馆，翌日打开窗，就是一场大雪。

穿着单薄的大衣，走到新宿车站买了一份英文报纸*The Japan*

Times（《日本时报》），才知道那是三十多年来最冷的一天，吃得消吗？忍呀，年轻人留学，一定要吃苦呀，抱着这个心态，什么都忍了。

跳上电车，原来上了一辆“急行”，小站是不停的，只好又坐回新宿，重新来过，当年的车厢暖气是不足的，一直颤抖。

在学校附近，找到一家“不动产”，也就是房屋介绍所，看见一间最便宜的，即刻租下，原来廉租是有代价的，小公寓就在火车轨道的旁边，接下去的几年，都要忍受火车经过的隆隆巨响。

返回公寓洗刷打扫，第一件事就是买一个煤气炉，小纸箱那么大，记得有块像珊瑚的白色石棉网，燃烧后变红，再去买个水壶，放在炉上，一下子水烧滚喷出蒸汽来，哈哈，还可以预防过度干燥呢。

忙了一个下午，竟然忘记了棉被和床垫（futon），只有穿着衣服，对着那个煤气炉睡。睡之前取出毛巾牙刷洗脸，咦，没地方挂呀，就平铺在榻榻米上，糊里糊涂地睡了。

早上一起身，第一个看到的就是那条毛巾，哈哈，冻得僵硬，也真好玩，拿起来当扇子，“阿嚏”一下，才知道冷，原来当年的公寓都是木造的，涂上些泥就是墙壁，当然挡不了冷，不过地震起来，倒塌的话，也压不死人呀。

什么苦都能吃，怎么冷都得忍，既然避免不了，就要娱乐自己。走出公寓，对面是一个小公园，一片雪白之中，特别显眼的是一朵黄色的花，实在很大很大，仔细一看，是朵玫瑰，原来玫瑰在雪中还能开花，真佩服它的耐力，比我强，厉害，还那么美！

说是上学，哪里念过什么书？整天逃学去看电影，看电影也成为我的工作，看到好的，和电影公司的海外部接洽，买版权到东南亚放映。

肚子饿了，看小餐厅外面的蜡制样板，最便宜的荞麦面，什么料都没有，上面只铺了几条很细的海苔，就叫这个了，上桌一看，除了面还有一小杯汁，是干捞吧？淋上了，汁从竹箩流出，看别人怎么吃，原来是蘸着面条塞进口的，跟着做了。天！原来是冷的，小食堂也不烧火炉，冷上加冷，忍吧，要当苦行僧。

终于，春天来了，没有雪了，但是初春才是最冷的时候，忍吧忍吧，夏天就跟着，太阳出来了，就不必再受苦了，这么告诉自己。

工作开始接触到从香港来日本的摄制队，香港来拍什么？当然是雪景。天！又是雪，什么地方还有雪？长野县的白马高原雪最多。

买长靴。和当地人先去视察外景，脚一踏下去，雪都挤到靴子里，令双脚都湿了，更冷。

当地人背着猎枪，在雪地中看到野兔，轰的一声，兔子飞起，他们冲了上去，即刻把兔皮剥了，露出肉，就那么用刀割下一片放进口。

可以生吃？当然，他们回答，所有最新鲜的肉，都能生吃，要不要来一口？天寒地冻，肚子已饿扁，当然照吃。咦？没有腥味，也不好吃。已很久没吃肉了，吞了几口，不然不够营养。

外景开拍，大家都忙得团团转，也忘记了严寒，忽然乌云密布，没有太阳，就只好等了，这一等，刺骨的寒风吹来，才是真正的冷。

忍吧，身上可以忍，但是寒冷是由脚下传上来的，只有拼命地踏步，希望能减少寒意，但怎么忍还是忍不了。这时，头上“叮”的一声出现了个主意，向灯光师要了一块用来反光的发泡胶，又用贴布绑在鞋底。真管用，这一来，隔绝了冷，又能在雪上留下与众不同的脚印，好玩得很。

旅馆供应的食物有蜂蛹，一只只的米白色小虫，还会蠕动，敢不敢吃？当然吃，有营养嘛。还有什么？还有蜜蜂，整只的，用酱油和盐煮了，甜甜的，也有点肉味，很能下饭，当然吃。

可是不能不照顾工作人员，晚餐虽然有些腌制过的鱼，但不代表是肉，我们是吃肉长大的，不吃肉不行呀，当然也有日本和牛，但那些预算吃得起吗？

有了，当众宣布，今晚有牛扒吃，大家欢呼！

一块块，真的大块，香喷喷地煎了出来，还发出“嗞嗞”声响，众人狂吞。当然，他们不知道，吃的是马肉，马肉在长野县最便宜了，日本人还吃生的呢，说什么吃了不会患花柳病，我才不信，但有肉吃，好过没肉吃。

吃完，又去雪中拍戏了，又缩作一团，啊啊，这么冷的天气，今年会不会被冻死？

挨过长野县的风雪之后，以为可以喘气，哪知韩国的摄制队又来催命。去韩国干什么？当然又是拍雪景呀。而最多雪的，是在雪岳山。

早年的电影，是愈省钱愈好，工作人员的待遇糟糕透顶，正在埋怨时，看那边韩国人，简直是“奴隶”，搬着几十斤重的灯光器材，爬上雪山，不吭一声。我也帮忙搬运，雪山爬到一半，已不能动弹，帮我拿的，竟是一个女的，属于服装组，瘦瘦的，不像有什么力气。

原来是一位助手，她姐姐嫁了一个助导，老板申相玉看中他的才华，升他为导演，结果拍了戏，不卖钱，自杀死了。工作组收留他太太管服装，带了妹妹来帮忙，没有工资的。

到了现场，我的记性不好，但对拍电影有特别的爱好，所以能记得所有工具和器材的位置。武术指导要找假血浆，我一下子就知道放在河的对岸，性子一急，就蹚水跑过去拿来往演员身上涂，拍得顺利，但我就倒了下来。

脚已冻僵。

被送到小旅馆休息，那服装部的小女孩把我的脚抱在她怀里取暖，血液才能恢复循环。阳光照入，发现她双颊透红，美艳到极点，这时，已不觉冷。

春天到了，跟着夏日，冻疮发作，奇痒无比，拼命在皮肤裂痕处撒止痒药。无效，一年复一年，这冻疮没有医好，看着伤口，天气虽然热，也发起抖来，想到女孩子的柔情，又觉温暖。

返港做剪辑工作，在瑞兴百货公司买到第一件能够保暖的大衣，皮尔·卡丹的设计，那条粗大的拉链是打横拉的。当年，这块牌子还没发臭，是件好看的衣服。

一直陪着我多年，后来又去韩国拍雪景，连这件大衣也派不上用场，跑去东大门的衣服市场，找到一件从美军偷出来的空军制服，夹棉尼龙布料，连着顶帽子，边缘有兽毛挡雪。也不是什么貂皮，后来才知道是狗毛。这件大衣可真的厉害，保住了我这条小命，再冷的天气，穿上它，里面加一条贴身棉裤，再冷也顶得住。

吃的方面，大雪山之中没有肉食，香港来的工作人员要求吃水果，哪里有水果？跑去市场，看到一条条的青瓜，可真肥大，一买就是几大箱，抬了回去给大家当水果，也吃得津津有味。

在现场的工作餐，是盒饭，大雪之中，哪有什么热饭，但好在生了个火，滚了一大锅汤，把泡菜和豆腐放进去煮，再淋在饭上，也能温饱。但是我身为监制，不能抢先，都是大家吃过之后，剩下冷的才吞进口，这么多年来，也养成我吃冷东西的习惯，太热反而不行。

回到日本的小公寓，好友相聚，总是买一大堆肉和蔬菜，在桌上生个火炉来吃火锅，什么东西都扔进去就是了，最后那口汤最甜，吃呀吃，天气一冷一定以火锅为主，吃太多生厌了，之后对火锅一直没有好感。

生活条件转佳，电影的外景也没像从前那般节省，因为市场已逐渐扩大，制作费也愈来愈充裕，吃住都好。

也够钱买衣服了，到名店去买了一件茄士咩的大衣，是浪凡牌，设计传统，不跟流行，我一直酷爱这件衣服，出席宴会，或者到雪地工作，都穿着它。记得一年去拍《何日君再来》，导演区丁平要求镜头前降雪，我和几名大汉就去摇大树上的积雪，一摇全部掉下，自己变成一个雪人，但穿了这件大衣，也不觉冷。这些日子香港又是史上最冷的几天，再从衣柜取出，穿在身上，走到街头，还是合身合时。

再次去韩国或日本，已是旅游，忽然觉得这两个国家已不像从前那么冷。就算是严冬，下了大雪，也不冷，到外面一件大衣已足够，在室内根本用不着棉衣，到处有暖气，穿得太厚反而全身是汗。

之后去了冰岛，到了阿根廷的冰川，也不觉得冷了，到底是工作和游山玩水的心境不同，或是御寒装备足够。最冷的，反而是香港。

香港人完全忽视暖气，以为忍几天就过了，一切都要忍、忍、忍。

何必呢？为什么买冷气机时不花多一点钱装个冷暖两用的？为什么洗手间内也没有暖气，一直要忍？

不过，我们这一生，都是在忍、忍、忍中长大的，在忍、忍、忍中终老的。

忍了一下，就过了，我以为在日本生活的那几年，每一年的冬天都过不了，还不是过了？

以为恶劣的工作环境也忍不了，还不是忍了下来，成长了起来？

又想起丰子恺先生年轻时写的那篇《渐》的文章，一切都是在渐渐中变化，令到我们不觉得，不觉得年轻，也不觉得老。

再冷，也已经习惯了。

乡愁和偏见

……

主持人兼监制Lee Wook Jung是位颇有抱负和理想的年轻人，英语流利，和我交谈得十分畅快。

“我还以为你会约我在什么高级餐厅，一到了才惊讶，原来是个街市，买了鱼虾到楼上来吃，请你告诉我，为什么会选在这个地方？”他问。

“你们的工作人员之前已经说过，要我推荐最能代表香港的烹调菜肴，我马上想到，是蒸鱼呀！所以决定带你到鸭脷洲街市来。”

“有什么特别?”

“鱼要蒸得刚刚好，要蒸得肉黐[①]在骨头上，不是那么容易的，多个十秒八秒，少个十秒八秒，都不行。”

“哇!”

“一尾好好的鱼，要是被蒸得过熟，肉完全由骨头脱出，就是过熟了，把鱼糟蹋了，从前的大少们看到这种情形就会拍桌子大骂，不但要餐厅把鱼收回去，还指责他们浪费了鱼和浪费了他们的时间。”

“栢记”的老板娘高妹把我们刚才买的那尾瓜子斑捧上桌，我用筷子拨开了肉让他一看，明白了。再尝一口，又“哇”的一声，大叫天下美味:“我走遍世界，真的没吃过那么好吃的鱼。”

“今天我们来晚了，要不然还能找到更香甜的，但也不一定最贵，像黄脚腊就是一个例子。”

“只能在香港找到这种鱼吗?”

“不一定，台湾也有，但是他们不会蒸，常用火在铁碟子下面加热，鱼不老，但是他们煮得不像话了。”

“对你来说，美食的定义是什么?”

“乡愁和偏见。”我斩钉截铁地回答。

“请你解释一下。”

“我们觉得最好吃的，通常是妈妈煮的菜，你在什么地方成长，就爱吃什么地方的东西，这是乡愁；而别人不同意你的说法，你就会和他们吵架，这就是偏见。”

---

① 黐：粤语词，意思是黏、粘。

“请你再举一个例子。”

“美国的美食家Anthony Bourdain爱吃热狗，这我不赞同，而我爱吃云吞面，相信他也不理解。这就是偏见。”

“如果让你死前选三餐，你会选什么？”

“早餐吃云吞面，中餐吃叉烧饭，晚上吃蒸鱼，你呢？你会吃什么？”

“早上吃雪浓汤，中午吃杂菜饭，晚上吃蒸牛肋骨（Garubi-chim）。”

“这已证明你对食物的喜恶，完全受你成长环境的影响，这就是我说的乡愁了。”

“你会抗拒你不熟悉的食物吗？”

“从来不会，我只会用来比较，像鱼，我会比较外国人的和我们的做法。西方人做鱼，多数喜欢加柠檬，这是因为他们在传统上没有吃新鲜鱼的习惯，所以要用柠檬来去腥。比较之下，我就觉得我们的蒸鱼，是上乘的。”

“整个中国那么大，也只有香港人会蒸鱼？”

“香港的蒸鱼，从珠江三角洲传承下来，顺德人的蒸鱼也许比香港人拿手，但是除此之外，整个那么大的中国，比较之下，还是没有香港人做得好。”

“刚才买的鱼，价钱不菲，一般香港人吃得起吗？”

“香港人有种特性，那就是拼命工作，拼命吃。不那么吃，是对不起自己的。但是并非每种鱼都贵，便宜的也有，加上我们懂得怎么蒸，也就好吃了。”

对方开始明白，转个话题，他问道：“对于韩国，你喜欢吃我们的什么东西？”

“你刚才提到的蒸牛肋骨我也爱吃，其中有种肋骨之外加上墨鱼的，味道更错综复杂。我也喜欢吃你们的猪脚，卤了之后切片，加上很辣的泡菜，再加几粒生蚝，用一大片生菜包住吃，那真是美味。”

“你已经在几十年前做过电视的饮食节目，对于主持这种节目，我算是生手，有什么忠告吗?”

“我只能把自己的经验告诉你：别忘记电视节目，永远是一种商业行为，一定要有娱乐性，大家才爱看。什么叫娱乐性？就是一个小时的节目里，一定要出现三声哇！”

“什么叫三声哇?”

“很简单，观众看到自己没有见过的，就会有第一声哇。看到有出奇的烹调手法，就会有第二声哇。看到有让观众过瘾的，就会有第三声哇。这个节目就会成功。如果节目中出现了三声脏话，就注定你的节目一定失败。”

“什么叫三声脏话?”

“第一声脏话，就是观众都看过的。第二声脏话，就是一点趣味性都没有。第三声脏话，就是主持人在节目中为赞助商卖广告。他们很聪明，一看就看出，永远记住，不可以有这种情形出现在节目里。”

Lee Wook Jung深深地一鞠躬。

鞋子与皮包的争夺战

……

所有的航空公司，都有条新规矩：起飞时一定要穿回鞋子，不可把皮包放在脚下。

这是有原因的，冲上天去，鞋子和皮包乱飞，打破人家的头，怎么办？

哈哈哈哈，坐了一辈子飞机，没看过这种事，又不是拍滑稽电影，怎会发生？

鞋子事小。皮包嘛，男人以为没什么，但是对女人来说，那个凯莉包或柏金包，是她们的命根，说什么也不肯被空姐抢走，摆在架上。

空姐这一行难当，七四七飞机巨大，非常辛苦，又要被客人呼呼喝喝，早就一肚子气，好歹抓到这个机会报复，即刻拔出鸡毛当令箭："等飞机起飞后再还给你！"

"不能放在脚边，抱着总可以吧？"女的抗议。

"抱住也不行！"空姐命令。

这一类的争执，屡见不鲜。小空姐找中空姐，中空姐找老空姐，差点没出动机师来理论。最后客人只有投降，心中一百万个不愿意，气氛搞得很僵，何必呢？

有时，连我那个又轻又薄的和尚袋也要干涉，有鉴于此，我每次一上机就要了一条毛毯，把和尚袋放在身边，用它盖起来，看不见。这个桥段，女的也能学习学习。

还是外国的女人，个性较为豁达，上次去巴塞罗那，乘伊比利亚航空，飞机起飞时，客人都不把椅背竖直，西班牙空姐视若无睹，皮包和鞋子，更是不管。

我问："你们的飞机没有那种规定吗？"

她笑了："道理不通的事，虽然公司规定，也不必按着本子去办！"

"万一真的发生事故呢？"我又问。

她笑得更甜美："追究起来，我就赖掉，说我查看的时候大家的鞋子穿得好好的，也没有看到女客人把她们的皮包乱摆呀！"

写作的第一步就是开始写

……

这个《名采》版的作者们时常开天窗，有些资深的写作人，因为公事要请假，也无可厚非，但是这对代他们写的人很不公平。

"你要是写得好，编辑就会请你了，何必替人家写？"读者们都有这个疑问。

其实代替者的文笔都不错。我认为要是有人开天窗的话，那就不是一个人来写，而是大家写。

很多想成为专栏作家的人，一直抱怨说没有地盘，这不就是机会吗？文章精彩与否，一篇见效，主要看可读性高与不高。

甚至想到专栏版上应该有一个永久的空位，像贴大字报的墙，让跃跃欲试的人发表他们的文章。

虽说中文水平低落，但每一个时代总会出现一些杰出的写作人。我父亲那一辈，看我们的文字总是摇头轻叹，但也阻止不了亦舒、李碧华等人的冒头呀。

相信的不是一代不如一代，而是青出于蓝，这才是正确与乐观的态度。

新的写作人去哪里找？大把！在我那几篇《病中记趣》刊登后大批慰问电邮之中，已看到有许多内容有趣，文字生动的来信，他们都是有希望成为专栏作家的人才。

凡事一求代价，层次必低。尽量写好了，抱怨没地方发言而停笔，就永远停下来。当成记日记不就行了吗？

一时的光辉并不代表可以一直坚持得下，专栏难在保持水平。什么叫水平？热爱生命，就是水平了吗？

不停地写，别虚伪，仔细观察人生百态，题材多得不得了。千万不要以“说得容易做时难”为借口，从今天开始你就把自己的想法记录下来，这是达到愿望的第一步。记得区乐民做学生的时候，我也曾经这么鼓励过他。

图书在版编目（CIP）数据

今生宜大笑 / 蔡澜著. -- 北京：中国轻工业出版社，2024.11. --ISBN 978-7-5184-5108-1

Ⅰ. I267

中国国家版本馆CIP数据核字第2024QD3834号

责任编辑：张　弘　　责任终审：劳国强

文字编辑：谢　兢　　责任校对：朱燕春　　封面设计：伍毓泉

策划编辑：张　弘　　版式设计：锋尚设计　　责任监印：张京华

出版发行：中国轻工业出版社（北京鲁谷东街5号，邮编：100040）

印　　刷：北京博海升彩色印刷有限公司

经　　销：各地新华书店

版　　次：2024年11月第1版第1次印刷

开　　本：880 × 1230　1/32　印张：6

字　　数：200千字

书　　号：ISBN　978-7-5184-5108-1　定价：58.00元

邮购电话：010-85119873

发行电话：010-85119832　010-85119912

网　　址：http://www.chlip.com.cn

Email：club@chlip.com.cn

231366W1X101ZYW

今日忌恋爱脑
今日忌社交
今日忌内耗
今日忌焦虑
忌
抽
签筒底

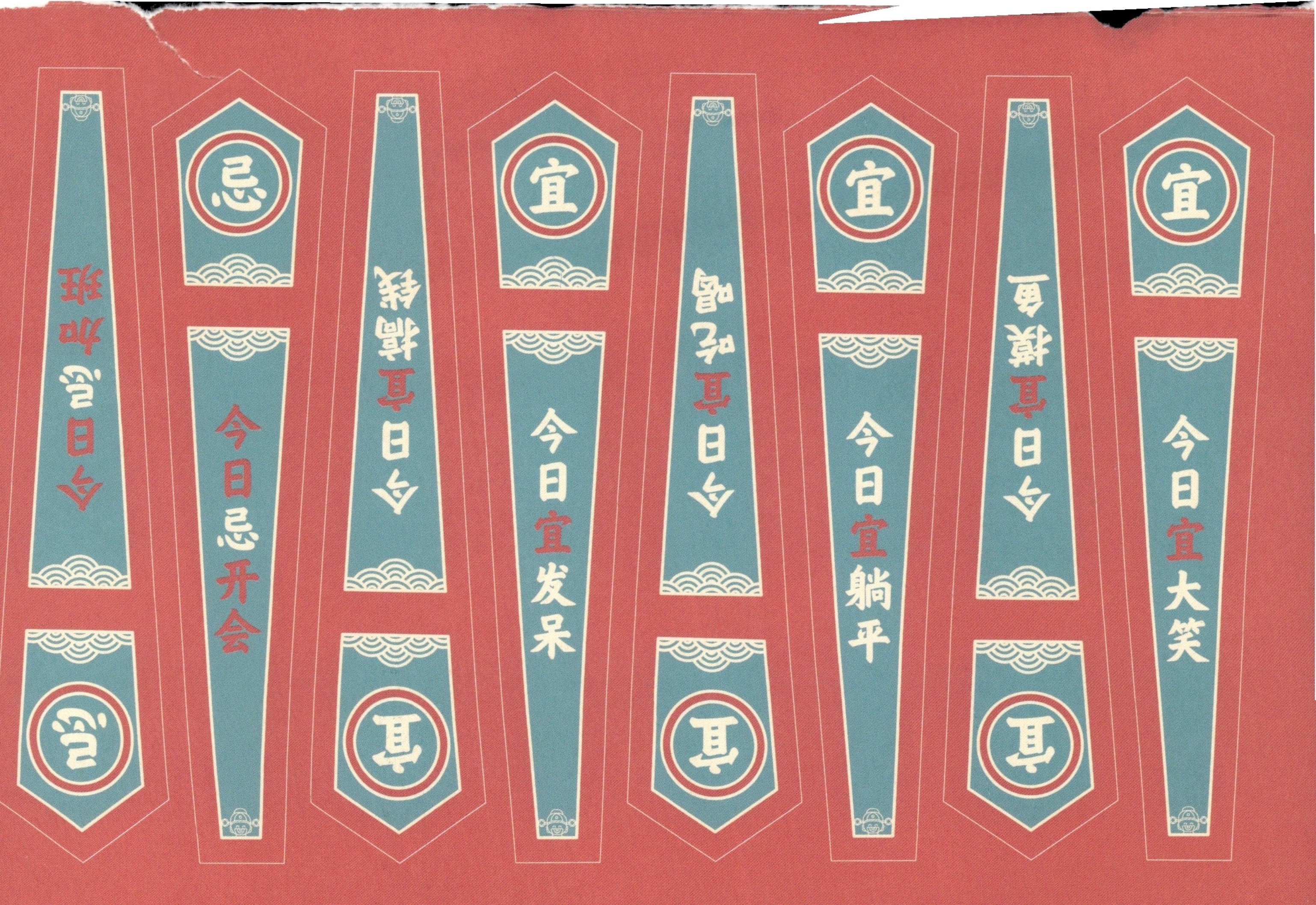

今日忌加班
忌
今日忌开会
忌
今日宜搞钱
宜
今日宜发呆
宜
今日宜吃喝
宜
今日宜躺平
宜
今日宜摸鱼
宜
今日宜大笑
宜

签筒身

"今日好运签"小说明

1. 本赠品含有"宜忌签12枚"、抽签桶一个；　2. 本赠品需按切线自行裁剪、折叠和粘贴。白色实线为裁切线，白色虚线为折叠线；
3. 本赠品为娱乐性质，不含有任何指导意义。

优雅永不过时

潇洒的生活哲学

做人的品格

吃是一种生活态度

回首往事，再苦也甜

做人就是努力别看他人脸色，做人，也没必要给别人脸色看。

自私有什么不好？先爱自己，才会爱别人。

生老病死，为必经过程。既然知道有这么四件事，还不快点去玩？

知味 iKnow

上架建议：文学·散文

了解更多…

中国轻工业出版社二维码

ISBN 978-7-5184-5108-1

9 787518 451081

定价：58.00元